Familie Sargnagel

Rainer Wekwerth hat zahlreiche Bücher veröffentlicht und dafür Preise gewonnen. Zuletzt die Jugendbuchpreise Segeberger Feder, Goldene Leslie und Ulmer Unke. Mit seiner »Labyrinth«-Trilogie landete er zudem auf der Spiegelbestsellerliste. Die Kinoverfilmung ist in Vorbereitung. Rainer Wekwerth ist verheiratet, Vater einer Tochter und lebt in der Nähe von Stuttgart.
Mehr unter: www.wekwerth.com

Mehr über unsere Bücher, Autoren und Illustratoren auf:
www.planet-verlag.de

Rainer Wekwerth

Familie Sargnagel

PLANET!

Familienleben und ein Waschbecken voller Haare

»MAMA!«

Verena stand vor dem Waschbecken im Badezimmer und starrte auf den verstopften Abfluss. Haare! Jede Menge Haare! Natürlich von Ben, ihrem Bruder. *Ihrem Werwolfbruder.*

Neben ihr auf dem gekachelten Fußboden hockte Schrödinger, der Familienkater. Obwohl, ›hocken‹ war nicht der richtige Begriff, es sah eher danach aus, als hätte ihn ein Bagger hier abgeladen. Schrödinger war kugelrund, hatte eine undefinierbare Fellfarbe und schlief ständig in einer Position, die an moderne Kunst erinnerte. Meistens wusste man nicht, wo vorne und wo hinten war, aber diesmal erkannte man zumindest, dass er seinen täglichen vierundzwanzigstündigen Schlaf un-

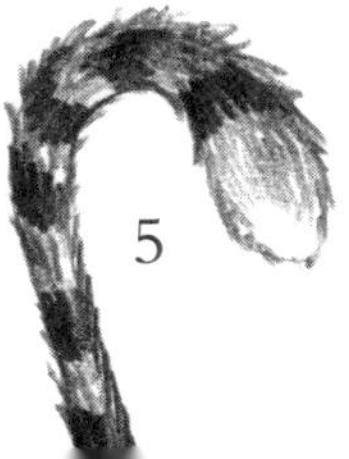

terbrochen hatte. Er öffnete nämlich träge ein Auge und schaute Verena vorwurfsvoll an, weil sie gewagt hatte, morgens so einen Krach zu machen.

»Was ist denn?«, rief ihre Mutter von unten. Gleichzeitig war ein Seufzer zu hören.

»Schau dir das an! Ben-war-wieder-an-meinem-Waschbecken!«

Erneut erklang dieses seufzende Geräusch, das ihre Mutter immer machte, wenn es zwischen ihren Kindern Ärger gab. Es hörte sich an, als ließe man Luft aus einem Reifen. Verena hasste dieses »Ufff«, da fühlte sie sich nicht ernst genommen. Schrödinger gähnte. Er wälzte sich in die richtige Stellung, sodass die Pfoten unter seinem Körper waren, und zottelte davon. Verena hörte ihn die Treppe hinunterplumpsen.

Kurz darauf stand ihre Mutter im Badezimmer, und Verena stellte fest, dass sogar ihre Augen seufzen konnten.

»Ben ist dein Bruder.«

»Er haart.«

»Das tun Werwölfe nun mal. Er beschwert sich auch nicht, dass du jedes Mal die halbe Zahnpastatube verbrauchst, wenn du dir die Zähne putzt.«

»Für Vampire ist Zahnpflege sehr wichtig.«

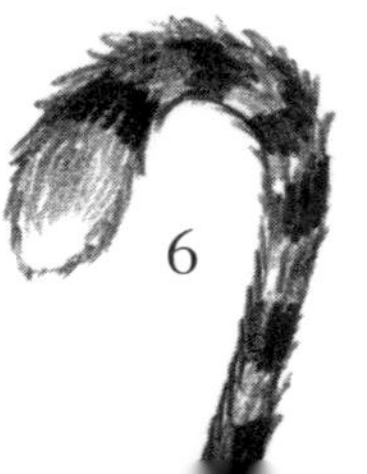

»Wem sagst du das …«

Das bleiche, fast weiße Gesicht ihrer Mutter verzog sich zu einem wehmütigen Lächeln, bei dem ihre langen Eckzähne aufblitzten, die sie innerhalb von einem Sekundenbruchteil einfahren und somit auf normale Größe bringen konnte. Manchmal fuhren sich die Zähne aber auch unbewusst aus, besonders wenn man aufgeregt war. Im Umgang mit Normalsterblichen war Selbstbeherrschung eine Notwendigkeit.

»Ich habe es mit deinem Vater auch nicht leicht«, sagte Verenas Mutter. Langes, glattes schwarzes Haar betonte ihre hohen Wangenknochen und die blutroten Lippen.

»Er haart noch stärker als dein Bruder, das bedeutet, jeden Tag die Betten gründlich auszuschütteln und den Teppich abzusaugen, von den herumfliegenden Haaren ganz zu schweigen. Aber was sollen die beiden machen? Sie sind, wie sie sind, und ehrlich, außer in Zeiten des Vollmonds ist es ja nicht so schlimm …« – Verena wollte schon protestieren, aber der Redeschwall ihrer Mutter war ungebrochen –, » … da wachsen ihre Haare zwar etwas schneller, und sie müssen mehr gebürstet werden. Aber stell dir mal vor, ihre Vorfahren haben sich ständig in einen Wolf verwandelt, sei froh, dass uns das die meiste

Zeit erspart bleibt. Papa heult zwar noch einmal im Monat den Mond an, aber dazu verwandelt er sich nicht, sondern geht in den Keller, und dein Bruder ist von einem normalen Jungen nicht zu unterscheiden. Beide …«, sie zögerte, » … sind nur eben ziemlich haarig.«

Das war ja alles schön und gut, änderte jedoch nichts an der aktuellen Situation.

»Und wer macht das jetzt weg?« Verena deutete angeekelt auf das verstopfte Waschbecken, in dem ein haariger Klumpen schwamm.

Eigentlich gab es zwei Waschbecken im Badezimmer, eines für die männliche Seite der Familie, mit Spezialsiebeinsatz im Abfluss und Spiegel darüber. Das andere besaß keinen Spiegel, denn Vampire wie Verena und ihre Mutter konnten kein Spiegelbild werfen, was das Thema Haarstyling und Schminken sehr kompliziert machte.

Daher schminkte sich Verena mit ihren zwölf Jahren noch nicht, aber hin und wieder probierte sie etwas von Mamas Kosmetika aus.

Als sie das erste Mal ihren Lippenstift aufgetragen hatte und stolz ins Wohnzimmer spaziert war, hatten alle nur gelacht, und Ben hatte gesagt, sie sähe aus wie ein Clown.

Diese Aussage bestätigte ihre Meinung über Brüder:

Alle Brüder waren doof, die haarigen und die unhaarigen.

Ihre Mutter öffnete die Tür des kleinen Schranks unter dem Waschbecken und zog ein Paar Gummihandschuhe heraus. Stumm wühlte sie danach in der Brühe und fischte Haarbüschel um Haarbüschel heraus. Jedes Mal wenn so ein Büschel in den Mülleimer klatschte, entfuhr Verena ein »Iiiieh« oder »Igitt«.

Ben polterte die Treppe herauf. In der Badezimmertür blieb er stehen.

»Du haarst schon wieder«, knurrte Verena.

»Und du nervst«, gab ihr Bruder gelassen zurück.

»Das ist *mein* Waschbecken.«

Er beugte sich vor. »Ich kann deinen Namen darauf nicht finden. Wann hast du das Becken gekauft?«

»BEN!«, sagte seine Mutter streng.

»Ja, ja, ja ...«

»Ich bin deine ältere Schwester«, meinte Verena.

»Zwei Minuten. Du bist zwei Minuten älter. Wir sind Zwillinge.«

»Trotzdem!«

»Mama, die spinnt doch«, sagte Ben.

»Aber in einem hat sie recht, du und Papa, ihr habt

euer eigenes Waschbecken. Schau genau her, ich muss wieder die Sauerei wegmachen.«

»Tut mir leid.«

»Das sollte es auch«, zischte Verena leise, als sie sich an Ben vorbeiquetschte und aus dem Bad ging.

Hinter ihr erklang wieder das seufzende Geräusch.

Zehn Minuten später saßen alle am Frühstückstisch. Verenas Vater Werner hatte sein Gesicht hinter der Tageszeitung vergraben, war somit kaum zu sehen und ließ nur ab und zu ein Knurren erklingen, wenn er sich über einen Artikel ärgerte. Es klang, als bearbeite ein Hund einen Fleischknochen.

Ben schmierte sich gerade ein Nutellabrot mit Butter darunter, was Verena sowieso ekelhaft fand. Und fettig. Sie selbst schälte sich gerade eine Blutorange. Wie Mama war sie Vegetarierin, wohingegen die männliche Seite der Familie begeisterte Grillfans waren. Obwohl sie als Vampirin auf die Welt gekommen war, wäre es Verena niemals in den Sinn gekommen, Blut zu trinken. Oder jemanden zu beißen. Niemals!

»Was habt ihr heute nach der Schule vor?«, fragte Papa und legte die Zeitung beiseite. Seine braunen Augen richteten sich liebevoll auf seine Kinder. Mit den verstrubbelten Haaren sah er aus, als wäre er in einen Orkan geraten. Die Nickelbrille mit den runden Gläsern war ihm wie so oft auf die Nasenspitze gerutscht, was ihn klug, aber gleichzeitig auch ein wenig verwirrt wirken ließ. Insgesamt war er der typische Berufsschullehrer, trug altmodische Anzugsjacken zu Jeans und Turnschuhen, und seine Hemden hingen stets aus der Hose.

»Ich gehe mit Kumpels Pokemon jagen«, sagte Ben sofort.

»Ätzend«, meinte Verena. »Wer rennt denn heute noch durch die Gegend und sucht virtuelle Monster?« Manche Dinge würde sie wahrscheinlich nie verstehen.

»Na, na, na«, sagte ihr Papa. »Wenn es ihm Spaß macht …«

»Ich treffe mich mit Sarah«, erklärte Verena.

Ben grinste. »Und dann redet ihr wieder über Torben. Torben! Torben! Der schönste Junge der Welt …«, sagte er mit hoher Stimme. »Und sooo süüüüüß.«

Verena schlug nach ihm, aber ihr Bruder hatte unglaubliche Reflexe, daher ging der Schlag ins Leere.

»Du bist so blöd«, zischte sie.

Torben war ein Junge aus ihrer Schule, und ja, sie mochte ihn – auch wenn sie noch nie ein Wort mit ihm gewechselt hatte. Er war zwei Klassen über ihr und einfach cool. Noch dazu sah er gut aus und war beliebt. Aber dass ihn Ben ausgerechnet jetzt erwähnen musste? Woher wusste er das überhaupt? Wahrscheinlich hatte er mal wieder gelauscht, als sie sich in ihrem Zimmer mit Sarah Geschichten über Torben erträumt hatte.

»Wer ist dieser Torben?«, fragte Papa und riss sie aus ihren Gedanken.

Verena sah verlegen auf ihren Teller. »Nur ein Junge aus der Schule. Ben spinnt. Sarah und ich wollen zum Reiterhof. Heute dürfen wir Moritz, das neue Pony, bürsten. Wir haben kleine Schleifen gekauft, die wir ihm in die Mähne flechten wollen«

»Oh Mann«, stöhnte Ben. »Und du sagst, Pokemons jagen wäre dämlich.«

»Ist es auch.« Vielleicht war Einzelkind doch die bessere Variante.

Ja, Verena wusste, dass sie manchmal nicht sehr nett zu Ben war, aber wer andauernd nur Blödsinn von sich gab, hatte es nicht anders verdient. Warum mussten Brüder

nur so nervig sein? Manchmal wünschte sie sich tatsächlich, ein Einzelkind zu sein, gleichzeitig hatte sie Ben natürlich lieb, auch wenn sie das niemals zugeben würde.

»Willst du uns diesen Torben mal vorstellen?«, fragte Papa.

Verena spürte, wie sie errötete, was für sie eine erstaunliche körperliche Leistung war, denn durch ihren permanent niedrigen Blutdruck hatte ihre Haut die Farbe von Alabaster.

»Oh …«, sagte sie leise. »So ist das nicht. Wir haben noch nicht miteinander geredet. Also, ich meine, bis auf Hallo und so.«

»Aber wenn er nett ist, kannst du ihn ja mal zu uns einladen.«

Verena nickte nur. Sie brauchte gar nicht aufsehen, um zu wissen, dass ihr Bruder grinste.

»Aber sag rechtzeitig Bescheid«, meinte ihre Mutter. »Dann räume ich den Sarg aus dem Schlafzimmer.« Als ob sie Torben das Schlafzimmer ihrer Eltern zeigen würde!?

Mama schlief noch traditionell. Auf dem Rücken liegend, mit über der Brust gekreuzten Händen und geschlossenem Deckel. Verena fand das megaunbequem,

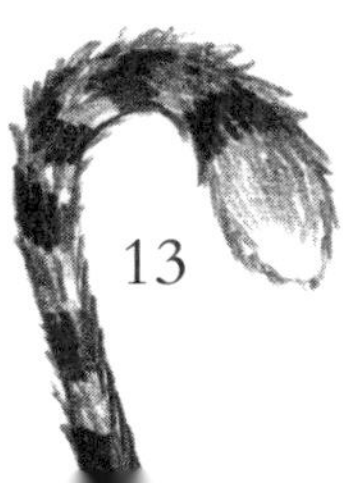

noch dazu war es darin ziemlich dunkel und stickig. Sie mochte ihr normales Zimmer mit ihrem normalen Bett, in dem sie tun und lassen konnte, was sie wollte. Außerdem konnte so jederzeit ihre beste Freundin Sarah zu Besuch kommen.

Apropos Sarah!

Sie hatte versprochen, ihr für den Geburtstag ihrer Oma das schwarze knielange Kleid mit der Spitze an den Ärmeln auszuleihen. Da der schon morgen war, durfte sie es auf gar keinen Fall vergessen.

Verena steckte sich schnell das letzte Blutorangenstück in den Mund.

»Ich muss los, noch was für Sarah einpacken«, sagte sie und ging zur Tür. So wurde sie obendrein nicht länger mit Fragen zu Torben bombardiert.

»Bis später«, hörte sie ihre Eltern antworten, als sie bereits durch die Tür war.

»Und was hast du heute sonst noch vor außer Monster fangen, mein Sohn?«, fragte Bens Vater, nachdem Verena die Küchentür hinter sich zugezogen hatte. Ben mochte seine Schwester, aber ihr Herumgezicke trieb ihn manchmal auf die Palme! Da konnte er gar nicht anders, als sie

mit ihrem ganzen Mädchengetue aufzuziehen. Immerhin musste er sich ja wehren.

»Nichts Besonderes«, beantwortete er schließlich die Frage seines Vaters.

»Deine Haare müssen bald wieder geschnitten werden, sonst fällt es auf, dass sie schneller wachsen als normal.«

Ben brummte nur.

»Dein Vater hat recht. Heute habe ich keine Zeit, aber morgen oder übermorgen bist du fällig.«

»Aber Mama …«

»Was denn?«

»Du schneidest mir doch keinen Pony, oder? Das sieht so doof aus. Wie bei den Beatles.«

Lydia kicherte. »Einem Wolf einen Pony schneiden. Was für ein tolles Wortspiel.« Sie tätschelte seine Schulter.

Übel.

Das machten Mütter bei kleinen Kindern. Dann strich sie ihm über die Haare.

Noch übler.

Ben fiel fast das Nutellabrot aus der Hand. »Mach dir keine Sorgen. Deine Mutter ist eine Künstlerin, du wirst aussehen … wie der … wie …«, sie fuchtelte mit den

Armen herum. »Ist ja auch egal, du wirst wunderbar aussehen.«

»Mama?«

»Was?«

»Kannst du das lassen?«

»Was denn, mein lieber Junge?«

Ben verzog verlegen den Mund. »Na, das Tätscheln und über den Kopf streicheln und so.«

»Das stört dich?«

»Ehrlich gesagt – ja!«

»Nein.«

»Häh?«

»Das kann ich nicht lassen. Ich mag das.« Sie seufzte. »Ihr werdet so schnell groß, da nutze ich jede Gelegenheit, die mir noch bleibt.«

Sie bückte sich und gab ihm einen feuchten Kuss auf die Stirn. »Auf, auf, mein Sohn. Die Schule wartet nicht.«

Dann kniff sie ihm in die Wange.

Torben, Torben, Torben

Wie an jedem Schultag hielt sich Verena dicht neben Sarah, wenn sie am Musiksaal vorbeigingen, dessen Vorderseite vollkommen verglast war. Und zwar so, dass ihre Freundin zwischen ihr und dem glänzenden Glas blieb, schließlich durfte niemandem auffallen, dass sie kein Spiegelbild warf. In ihrem Klassenzimmer hing Gott sei Dank kein Spiegel, und Verena versuchte außerdem, so selten wie möglich aufs Schulklo zu gehen – was Sarah überhaupt nicht verstehen konnte, da sie mindestens einmal in jeder Unterrichtsstunde die Hand hob, weil wieder einmal ihre Blase drückte. Aber das war okay, Verena hatte inzwischen oft genug betont, dass sie dieses Phänomen von ihrer Mutter geerbt hatte. Die Schule war also sicheres Terrain.

Auch heute ging alles gut, und Verena durchschritt mit ihrer besten Freundin die Tür zum Schulgebäude. Es wimmelte nur so von Schülern, von denen jeder einzelne versuchte, lauter als alle anderen zu schreien. So kam es Verena jedenfalls vor. Der übliche Muffelgeruch schlug ihr entgegen und kitzelte in der Nase.

Sarah tippelte ungeduldig neben ihr her und schaute sich hektisch um.

»Hast du ihn schon gesehen?«

»Wen?«

Natürlich wusste Verena, wen Sarah meinte, und natürlich machte sie einen auf cool und überrascht, aber natürlich spähte auch sie nach *ihm*. Aus dem Augenwinkel.

»Na, wen schon«, flüsterte Sarah. »Torben …«

»Psst! Nicht so laut, es soll ja nicht gleich jeder mitbekommen, dass –«, setzte Verena an, nur um sofort wieder unterbrochen zu werden.

»Ach, hör doch auf«, erklang nämlich plötzlich eine Stimme hinter ihnen. »Jeder weiß doch, dass du in Torben verknallt bist.«

Erschrocken drehte Verena sich um.

Lilly. Die blödeste Ziege der ganzen Schule hatte ihr Gespräch offenbar belauscht. Nur weil sie hübsch war

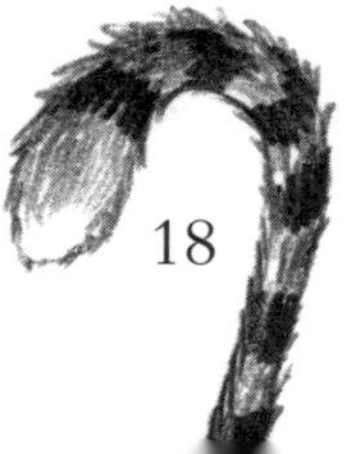

und sich erste Wölbungen unter ihrem T-Shirt zeigten, hielt sie sich für die Queen der ganzen Schule. Ihr Lieblingshobby war es, andere bloßzustellen.

Verena spürte, wie ihr das Blut aus dem Gesicht wich. *Wahrscheinlich bin ich jetzt so bleich wie die Wand im Klassenzimmer*, dachte sie.

»Wer ist jeder?«, fragte sie mit zusammengepressten Lippen.

»Melanie zum Beispiel«, meinte Lilly mit einem fiesen Grinsen im Gesicht.

»Melanie?«, kreischte Verena. »Woher will die das denn wissen?« Sie fuhr sich nervös mit der Hand durch ihre Haare.

»Sie wusste es schon.«

»Von wem?«

»Paul.«

»Paul?«

»Er hat es von Amelie.«

Verena war einer Ohnmacht nahe. Anscheinend wusste jeder an der Schule über ihre Schwärmerei für Torben Bescheid.

Vielleicht sollten sie es noch ans Schwarze Brett hängen oder in der Schülerzeitung veröffentlichen. Langsam wurde sie wü-

tend. Sie fühlte, wie ihre Eckezähne wuchsen, sich aber gleich darauf wieder zurückzogen.

Sarah blinzelte hinter ihren dicken Brillengläsern. »Verena, du hast da was am Mund –«

Doch Verena unterbrach sie und redete so schnell wie möglich weiter, um niemanden auf ihr vampirisches Erbe aufmerksam zu machen. »Amelie?«, hauchte sie. Ihre Lieblingslieblingsfeindin, direkt nach Lilly.

»Ja, sie hat gesehen, wie du in Mathe einen Zettel geschrieben und später in den Papierkorb im Klassenzimmer geschmissen hast. Sie hat ihn rausgeholt und gelesen.«

OH!

OH!!!

Verena dachte angestrengt nach. Was hatte sie da geschrieben? Sie hatte schon öfters Liebesbriefe an Torben verfasst, die sie natürlich nie abschickte, sondern immer kurz danach zerriss. Irgendwie musste sie ihre Gedanken ja loswerden, wenn sie schon niemandem davon erzählen konnte – außer Sarah natürlich.

Aber jetzt? Jetzt wusste die ganze Klasse davon. Vielleicht sogar ER selbst.

Ich muss die Nerven behalten. Und plötzlich hatte sie einen Plan!

»Lilly«, flötete sie. »Der Brief war ein Scherz. Natürlich wusste ich, dass Amelie ihn findet, ich wollte das sogar, damit sie was zum Ablästern hat, und das ist mir ja auch gelungen. Jeder weiß, wie hinterhältig sie ist …« – hoffentlich klang das überzeugend! – » … wichtig ist nur, hat Torben den Brief gelesen? Hat sie ihm den Zettel gezeigt?« Verena wurde ganz flau im Magen.

»Keine Ahnung … ach, da ist er ja«, meinte Lilly und zeigte auf Torben. »Fragen wir ihn doch am besten selbst«, fügte sie höhnisch hinzu. Sie schien sich blendend zu amüsieren.

Und tatsächlich, dort stand er. Seine blonden Haare fielen ihm wie üblich ins Gesicht. *Cool!* Kurz glitt ein Blick aus strahlenden blauen Augen über seine Mitschüler hinweg. *Cool!!* Dann schlappte er auf seine ihm eigene schlürfende Art zum Klassenzimmer. Es machte den Eindruck, als bewegten sich seine Sneaker von allein und schleppten ihn mit. Ehrlich gesagt sah es doof aus, aber Verena würde das niemals laut sagen. Denn ansonsten war alles an Torben *cool*. Vor allem sein Lächeln ließ Verena dahin-

schmelzen. Dieses Lächeln, bei dem winzig kleine Grübchen in seinen Mundwinkeln entstanden …

»Lilly, hör auf, mit dem Finger auf ihn zu zeigen«, meldete sich Sarah panisch zu Wort und unterbrach Verenas Träumereien. Aber da war es schon zu spät.

»Hey Torben«, säuselte Lilly ihm zuckersüß zu, als er an ihnen vorbeiging.

Verena rutschte das Herz nun endgültig in die Hose. Sie würde doch nicht …

»Alles klar bei dir?«, fügte ihre Erzfeindin hinzu.

Verwirrt blickte er Lilly an und sagte: »Logo, und selbst?« Dann ging Torben einfach weiter, ohne Sarah und sie zu beachten.

Puh, Verena fiel ein Stein vom Herzen. Böse blickte sie Lilly an – schade, dass sie kein Blut mochte, sonst würde sie es dieser fiesen Schlange augenblicklich aussaugen!

»Er hat mich angesehen«, jauchzte Sarah mit glühenden Wangen.

Verena verdrehte nur die Augen und starrte Lilly zornig an, was die aber nur mit einem arroganten Schulterzucken quittierte.

Dann drehte sie sich um und stolzierte davon.

Währenddessen saß Ben in seinem eigenen Klassenzimmer und starrte an die Decke. Herr Hemmler, sein Chemielehrer, stand vor den Schülern und kritzelte irgendwelche Formeln an die Tafel, die sowieso niemand verstand. Noch drei Minuten, dann war die Stunde endlich vorbei. Auch wenn er keinen Plan von Chemie hatte, war der Hemmler ganz in Ordnung. Er war fanatischer Fußballfan und sprach andauernd nur in Fußballslang. Ein angekündigter Test war ein Freundschaftsspiel, die Pause war Halbzeit und auf die Bank kam man, wenn man zu viel mit seinem Nachbarn gequasselt hatte. In Bens Fall kam Letzteres im Moment eher nicht infrage.

Neben ihm saß nämlich Patrick. Den Kopf auf die Hände gelegt, wahrscheinlich pennte er wieder. Ben wusste, dass Patrick nachts heimlich auf seinem Handy spielte und dementsprechend müde am nächsten Morgen war. Durch den Schlafmangel sah er inzwischen genauso bleich aus wie Verena. Ben überlegte, ihm ein Plastikvampirgebiss zu schenken, aber darüber würden weder seine Mutter noch Verena lachen. Patrick vielleicht schon …

Ben ließ seinen Blick zum Fenster wandern und schaute hinaus. Draußen schien die Sonne. Es war Flutsch-

fingereiswetter, aber Verena wollte nach dem Unterricht bestimmt schnell nach Hause, um entweder mit Sarah zu telefonieren, die sie seit höllischen zehn Minuten nicht gesprochen hatte, oder sie schrieb irgendetwas in ihr Tagebuch. Natürlich war es Ben bei Androhung eines grausamen Todes strengstens verboten, jemals einen Blick dort hineinzuwerfen, und genau deswegen hatte er schon ihr ganzes Zimmer auf den Kopf gestellt. Es war sein gutes Recht zu erfahren, ob auch er darin vorkam – neben Torben natürlich. Sarah und Verena tuschelten ständig über den Jungen, der zwei Klassen über ihnen war. Meist waren sie so vertieft in ihre Schwärmereien, dass sie nicht einmal mitbekamen, wenn er direkt neben ihnen stand.

Na ja, gefunden hatte er das Tagebuch nicht. Wenn Verena etwas versteckte, dann so gut, dass sie es manchmal selbst nicht mehr fand.

Dong!

»Abpfiff, Kinder«, sagte Herr Hemmler schließlich.

Durch die Schulglocke rappelte sich neben ihm auch Patrick allmählich wieder auf und fuhr sich durch die verstrubbelten Haare, die auf einer Seite vom Schlafen platt gedrückt waren. Er gähnte.

»Hab ich was verpasst?«, fragte der.

Ben schüttelte den Kopf. »Obwohl«, korrigierte er sich und flüsterte Patrick zu, »Max hat eine Gelbe Karte vom Hemmler bekommen, bei der nächsten fliegt er vom Platz, direkt ins Büro des Direx.«

Patrick unterbrach seinen Gähner durch einen lauten Lacher. Sein Blick wanderte auf der Tischplatte umher. »Du fusselst schon wieder.«

»Ich fussle nicht, sondern leide an Haarausfall. Medizinisch: *telogenes Effluvium*.«

Bens Eltern hatten lange im Internet recherchiert, um eine mögliche Erklärung für seinen ganz normalen Haarausfall zu finden. Als Werwolf besaß er fünfmal so viele Haare wie ein normaler Mensch, das bedeutete, dass er an einem Tag auch fünfmal so viele Haare wie ein normaler Mensch verlor. Und das konnte man natürlich nur schwer verbergen.

»Kann man da eigentlich was machen?«, fragte Patrick.

»Nein, ist aber bei Kindern auch nicht schlimm, und wie du siehst, habe ich noch ein paar Haare.«

Patrick grinste ihn an. »Oh ja, du siehst aus wie ein Wolf.«

Ben grinste mit.

Wenn du wüsstest …

Ein Eis am Stiel und neue Nachbarn

Ben stand vor dem Eingang der Schule und wartete darauf, dass Verena endlich herauskam. Sie hatten zur selben Stunde aus, und da war es klar, dass sie sich gemeinsam auf den Heimweg machten.

Er selbst war in der Parallelklasse. Ihre Mutter war der Meinung, bei all der Zankerei zwischen ihnen beiden sollten sie wenigstens in der Schule Ruhe voreinander haben.

Das bedeutete allerdings nicht, dass er ohne Verena nach Hause kommen konnte. Immerhin war er ihr BRUDER. Wenn sie also zur gleichen Stunde aushatten, hieß es warten, denn Verena quatschte immer noch ewig mit ihrer besten Freundin Sarah, bevor sie sich blicken ließ.

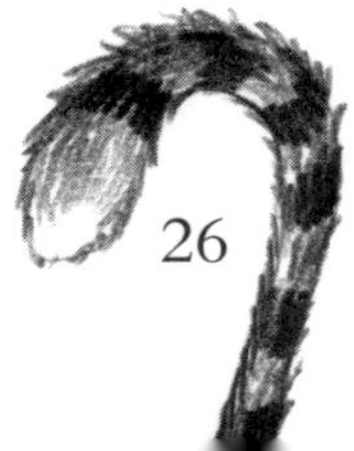

Heute war es nicht anders. Ben ging im Schulhof auf und ab und schwitzte. Es war mörderisch heiß, und das im Oktober. Die dichte Matte auf seinem Kopf machte es nicht besser, und schon nach fünf Minuten rannen die ersten Schweißperlen seine Stirn herab.

Endlich ging die Eingangstür auf, und Verena kam heraus. Arm in Arm mit ihrer Freundin.

Tuschel. Tuschel. Plauder. Tuschel.

Was gab es da nur immer so viel zu bereden? Ach ja, richtig: *Torben, Torben. Torben.*

Die Sonne ihres Lebens, der Stern unter allen Sternen am Himmel, die süßeste Versuchung, seit es Jungs gab. Kotz!

Als er schon dachte, Verena komme endlich herüber zu ihm, musste er erst noch mit ansehen, wie sich die beiden voneinander verabschiedeten.

Bussi hier. Bussi da. Drück.

Irgendwann war es dann doch so weit. Das Universum hatte sich weitergedreht, und seine Schwester stand vor ihm.

»Mann, das hat ja wieder gedauert«, knurrte er.

Verena verdrehte nur die Augen, dann überlegte sie einen Moment.

»Was ist? Können wir jetzt endlich gehen?«

»Du hast es nicht verdient, aber ich tue es trotzdem.«

»Was?«, fragte er neugierig.

»Ich lade dich zu einem Eis ein.«

»Flutschfinger?«

»Ist nicht dein Ernst!«

»Doch.«

»Okay, dann halt Flutschfinger. Du bist ein Baby.«

»Und du bist meine Lieblingsschwester!«, jauchzte Ben.

»Ich bin deine einzige Schwester«, stöhnte Verena. »Und kein Wort zu Mama, sonst gibt's bloß Ärger.«

»Klar, ich bin ja nicht doof.«

Zehn Minuten später standen Verena und Ben vor ihrem Wohnhaus, aber so, dass ihre Mutter sie vom Küchenfenster aus nicht sehen konnte. Verena hatte sich ein Mandeleis geleistet, es knirschte und knackte, wenn sie von der dicken Schokoladenschicht abbiss.

»Lecker«, sagte sie.

»Megalecker«, meinte Ben. »Flutschfinger ist mein Kryptonit. Da werde ich schwach.«

Verena kicherte.

Plötzlich fuhr ein großer Lastwagen an ihnen vorbei. Der Motor brummte dröhnend, dann quietschten die Bremsen, als er direkt gegenüber von ihrem Haus anhielt.

Ungewöhnlich. Das war eine ruhige Wohnstraße, LKW kamen nur selten hierher.

»*Paul Heradt – Wir sorgen dafür, dass ihre Möbel schon da sind, wenn Sie einziehen*«, las Verena die Aufschrift auf der Seite des Fahrzeugs vor. »Hey, das ist eine Umzugsfirma.«

Ben wäre fast sein Eis aus der Hand gefallen. Ihnen gegenüber befand sich ein mindestens einhundert Jahre altes Haus im altmodischen Baustil mit dicken Mauern, kleinen Fenstern und einem runden Erker, der weit herausragte.

Das Haus war in gutem Zustand, stand aber schon immer leer. Jedenfalls solange Ben denken konnte. Sie hatten noch *nie* direkte Nachbarn gehabt, denn alle anderen Grundstücke in der Straße waren mindestens fünfzig Meter entfernt. Genau deswegen hatten seine Eltern ja das Haus gekauft. Sie wollten keine neugierigen Menschen in ihrer Nähe haben, die nachts in die Fenster glotzten und beobachteten, was sie so machten. Und nun das!

Männer stiegen aus. Große, kräftige Männer rissen die Heckklappe auf. Begannen damit, auszuladen und Möbel durch den verwilderten Garten mit den dornigen Rosenbüschen zu tragen.

Dann wurde es merkwürdig.

»Sag mal«, meinte Ben. »Ist das ein Holzrechen?«

Er deutete auf einen Mann, der einen zwei Meter langen Holzstab in der Hand hielt, um dessen oberes Ende ein Tuch gewickelt war. Eine spitze Zacke blitzte darunter hervor.

»Weiß nicht«, sagte Verena. »Sieht irgendwie komisch aus.«

Ben verzog den Mund. »Und was ist das da?«

»Kann ich nicht richtig erkennen. Irgendetwas mit einem Griff, der mit Leder umwickelt ist, steckt in einer Metallscheide. Guck mal, da kommt der nächste.«

Beide starrten auf einen Arbeiter, der etwas auf seinen Armen ins Haus trug.

»Sind das Fesseln?«

»Sieht nach einer Peitsche aus.«

»Was hat er da in der Hand?«

»Einen Baseballschläger«, sagte Ben.

»Mit Kette und Eisenkugel dran?«

»Die scheinen gern Sport zu machen, auch wenn ich nicht weiß, für welche Sportart man so etwas braucht.« Ben leckte heftig an seinem Eis. Das war ja besser als fernsehen. »So ein Ding hätte ich auch gern, dann könnte ich dem Berg eine überbraten.«

Martin Reinecke, genannt *Der Berg*, war sein Lieblingsfeind an der Schule. Martin war groß, sehr groß sogar und ziemlich breit, hatte Pickel wie ein Sechzehnjähriger und schlug gerne zu. Schon zweimal war er von ihm verprügelt worden. Er hatte ihm immerwährende Rache geschworen, bis über den Tod hinaus und noch viel weiter.

»Würdest du nicht«, meinte Verena.

»Würde ich doch.«

»Du bist ein Werwolf, du könntest doch locker mit ihm fertigwerden.«

»Der wiegt tausend Kilo.«

»Du bist schnell. Wie ein Tier.« Sie lachte, dann wurde sie schlagartig wieder ernst. »Aber feige.«

Ben überlegte, ob er Verena sein Flutschfingereis ins Ohr stopfen sollte, aber der Flutschfinger war schon fast weggeleckt. Und der Rest war zu breit für ihre kleinen Ohren.

Großzügig wie er war, immerhin hatte sie ihm ein Eis spendiert, beschloss er, ihr die letzte Bemerkung nicht übel zu nehmen. Verena wusste genau, dass er keine übernatürlichen Kräfte oder so hatte. Das Einzige, das ihm über Generationen hinweg geblieben war, waren sein unnatürlich schneller Haarwuchs und sein Schluckauf, wenn er Silber berührte. Und mit seinen Haaren konnte er *den Berg* wohl kaum besiegen – es sei denn, er ließ seine Mähne wachsen und würde seinen Gegner damit fesseln. Ob er sich jemals in einen Werwolf verwandeln können würde, war fraglich. Das Gen war mal schwächer und mal stärker ausgeprägt.

»Komm, wir gehen mal rüber und schauen, wer da einzieht.«

Gemeinsam überquerten sie die Straße. Zehn Meter vom Haus entfernt stand ein nagelneuer Briefkasten im amerikanischen Stil. Aus Metall, silbern, wahrscheinlich Aluminium, mit einer kleinen roten Plastikfahne, die anzeigte, wenn der Briefträger da gewesen war. Auf dem Briefkasten befand sich eine altmodische Blechplakette. Schwarz mit geschwungenen goldenen Buchstaben.

Otto, Renate und Ludwig van Helsing

»Aha«, sagte Ben. »Holländer.«

Verena gab ihm eine Kopfnuss. »Den Namen habe ich schon irgendwann mal gehört.«

Drei Fremde vor der Tür

»Werner«, sagte Lydia. »Wir sollten das nicht auf die leichte Schulter nehmen.« Sie schaute erst ihren Mann, dann die beiden Kinder an. Danach nickte sie langsam mit dem Kopf, um zu unterstreichen, dass es wirklich ernst war.

»Und ihr seid sicher, dass die Leute van Helsing heißen?«, wandte ihr Vater sich an Ben und Verena.

»Otto, Renate und Ludwig«, sagte Ben. »Holländer.«

Verena boxte ihn in die Seite.

»Die Familie der van Helsings ist uralt. Fast so alt wie unsere. Setzt euch, Kinder.«

Ben und Verena nahmen am Küchentisch Platz. Ihr Vater rückte sich einen Stuhl heran und hockte sich ebenfalls hin. Lydia blieb stehen.

»Wir haben ja schon ein paar Mal über unsere Ge-

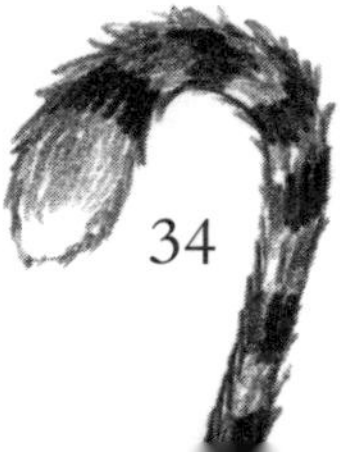

schichte gesprochen«, begann ihr Vater. »Wer wir sind und woher wir stammen. Vampire und Werwölfe sind nicht wie andere Menschen. Heute spielt das keine große Rolle mehr, weil wir ein ganz normales Leben führen. Aber vor nicht einmal dreihundert Jahren war das noch ganz anders. Menschen wie wir wurden verfolgt.« Seine Stimme wurde leiser und tiefer.

Ben hing wie gebannt an seinen Lippen. Ja, sie hatten schon über ihre Herkunft gesprochen, aber da sie ja immer so »angepasst« lebten, wie seine Eltern stets betonten, hatte das bisher nie eine große Rolle gespielt. Deswegen hatte er öfters nur mit einem Ohr zugehört. Auf der anderen Seite hatte Ben seinen Vater noch nie so geheimnistuerisch erlebt, daher musste es wohl wichtig sein.

»In diesen Zeiten hatten sich die van Helsings der Monsterjagd verschrieben«, setzte sein Vater fort. »Unbarmherzig jagten und hetzten sie unsere Vorfahren und brachten sie zur Strecke, aber das ist sehr lange her.«

Verena riss ungläubig die Augen auf. »Müssen wir uns Sorgen machen?«

»Ach was«, sagte ihre Mutter und strich Verena über die Haare. »Bestimmt nicht. Wie euer Vater schon gesagt

hat, wir leben in modernen Zeiten und nicht mehr nach den alten Traditionen. Nichts ist mehr so wie früher, stimmt's Werner?«

Werner nickte bedächtig. »Eure Mutter hat recht. Außerdem wohnen wir hier in diesem kleinen Ort, in dem sich niemand für uns interessiert. Und ihr seid ganz gewöhnliche Kinder, die zur Schule gehen und Freunde haben.« Er machte eine kurze bedeutungsschwere Pause, bevor er hinzufügte: »Trotzdem sollten wir vorsichtig sein, man weiß ja nie … Daher haben wir damals auch meinen Familiennamen angenommen und den von Mama abgelegt«, sagte Werner und ließ Luft aus seiner Lunge entweichen. »Ich sag's euch, Kinder, der Vater eurer Mutter, Opa Hermann, hätte mir damals am liebsten mein ganzes Blut ausgesaugt!«

Lydia legte einen Arm um die Schultern ihres Mannes und drückte ihm kichernd einen Kuss auf die Backe. »Du bist der Beste. Deswegen habe ich dich ja auch geheiratet!«

Stimmt, von der Sache mit ihrem Nachnamen wusste Ben. Eigentlich hießen sie nämlich Familie Sargnagel – was um einiges cooler klang als der Nachname seines Vaters. *Wolf* wirkte dagegen stinknormal, jeder

Dritte hieß doch so. *Ben Sargnagel*, ja, damit würde er gleich viel bedrohlicher rüberkommen. Mit diesem Namen hätte *der Berg* es bestimmt niemals gewagt, ihn auch nur anzufassen, geschweige denn anzuschauen.

Aber seine Eltern mussten ja unbedingt mit der Tradition brechen. Normalerweise galt nämlich der Nachname des Vampirs für alle Familienmitglieder – gewissermaßen zur Fortführung der Blutlinie. Aber so hatten sich seine Eltern für den seines Vaters entschieden, weil er wesentlich unauffälliger war – und todlangweilig!

»Die hatten jede Menge komische Dinge. So merkwürdige Sportgeräte und Gartenwerkzeuge«, sagte Verena und riss Ben aus seinen Grübeleien. Sie breitete die Arme weit aus. »Riesige Dinge.«

»Wie sahen die denn aus?«, fragte Lydia.

Verena beschrieb den Rechen und den Baseballschläger. Ihre Eltern sagten nichts dazu, aber Ben bemerkte, wie sie sich sorgenvolle Blicke zuwarfen.

»Ich glaube, wir werden gar nicht so viel von den neuen Nachbarn mitbekommen«, meinte Werner beschwichtigend. »Wahrscheinlich sind das Leute, die gern unter sich bleiben und keinen Kontakt suchen.«

Es klingelte an der Tür.

Alle schauten sich an. Ben verzog den Mund.

»Wer könnte das jetzt sein?«, sagte Lydia. »Habt ihr jemanden eingeladen?« Sie blickte Ben und Verena an, beide schüttelten den Kopf.

»Vielleicht die Post«, brummte Bens Vater. »Ich geh mal durch den Türspion nachsehen.«

Eine Minute später stand er wieder im Wohnzimmer. Etwas bleich im Gesicht. »Da stehen fremde Leute vor der Tür.«

»Hmmm«, machte Lydia.

Es klingelte erneut. Diesmal länger.

»Sollten wir nicht aufmachen?«, fragte Verena.

»Doch, das sollten wir.« Lydia nickte energisch mit dem Kopf, dann warf sie ihn mit einem Ruck zurück, sodass ihre langen schwarzen Haare nach hinten flogen. Sie schritt zur Tür. Ben ging einfach mit. Er war neugierig, wer da draußen stand. Verena und sein Vater wollten es anscheinend auch wissen, denn nun befand sich die ganze Familie im Flur. Lydia zog die Tür auf.

Vor ihnen standen drei Personen.

Ein Mann, eine Frau und ein Junge.

Der Mann war ein großer, schlaksiger Typ mit langen grauen Haaren, die bis auf die Schultern seines alten ab-

getragenen Ledermantels fielen. Ein struppiger Dreitagebart bedeckte sein hageres Gesicht mit den blassen grauen Augen. Der Mund mit den schmalen Lippen war zu einem freundlichen Lächeln verzogen.

Neben ihm tippelte eine kleine, etwas rundliche Frau unruhig von einem Fuß auf den anderen. Ihre blonden Haare waren schlecht gefärbt, die Wangen rosa strotzend vor Gesundheit oder Bluthochdruck. Auch sie lächelte, allerdings mit rot geschminkten Lippen.

Der Junge, der neben der Frau auf seine Schuhe starrte und ganz offensichtlich nur widerstrebend ihre Hand hielt, hatte dunkle Haare und einen leicht braunen Teint, als wäre er viel an der frischen Luft.

»Ja, bitte?«, sagte Bens Mutter zaghaft.

Der Mann öffnete die Arme, so als wolle er sie alle umarmen. »Hallo«, begrüßte er sie mit tiefer Brummtonstimme. »Wir sind die van Helsings, Ihre neuen Nachbarn.«

Ich glaube, wir werden gar nicht so viel von den neuen Nachbarn mitbekommen, hallten die Worte ihres Vaters durch Verenas Kopf.

Verena war mehr oder weniger sprachlos, dass die Fremden vor ihrer Tür standen und nun offensichtlich darauf warteten, hereingebeten zu werden. Ben glotzte nur doof, ihr Vater schien seine Zunge verschluckt zu haben, und Mama war die Kinnlade heruntergeklappt. Verena stieß sie mit dem Ellbogen an.

»Oh«, sagte ihre Mutter schließlich. »Das ist aber nett.«

»Oh«, sagte auch ihr Vater. »Richtig nett.«

Die Gesichter der van Helsings erschlafften ein wenig. Wahrscheinlich hatten sie eine überschwänglichere Begrüßung erwartet.

»Ich bin Renate«, sagte die kleine dicke Frau und streckte die Hand aus. Verenas Mutter ergriff sie nur zögernd. »Und das sind mein Mann Otto und unser Sohn Ludwig.« Sie schubste den Jungen an. »Sag Hallo, Ludwig«, flötete sie.

»Hallo.« Kaum hörbar.

Allgemeines Händeschütteln begann. Jeder streckte jedem die Hand hin, während Lydia die neuen Nachbarn darüber aufklärte, wer in ihrer Familie wer war.

»Sie heißen Wolf, richtig?«

Verenas Vater nickte.

Der Mann begann, vollkommen unmännlich zu kichern.

»Was ist so lustig?«, fragte Werner.

»Ach, lassen Sie, ist nicht wichtig, hat etwas mit den Wurzeln unserer Familie zu tun. Ich erzähle ihnen davon ein anderes Mal.«

Dann trat Stille ein.

»Wir freuen uns so, Sie kennenzulernen. Lassen Sie uns doch am besten in Ihrem schnuckeligen Häuschen ein bisschen weiterplaudern! Bei uns ist es noch so karg«, platzte es aus Renate van Helsing wie ein Wasserfall heraus, die sich schon an Lydia vorbeischob.

»Äh«, sagte Lydia vollkommen überrumpelt. »Sehr gerne.«

Verena schlug innerlich die Hände über dem Kopf zusammen, das konnte ja spaßig werden!

Ungebetene Gäste

»Oh, Sie haben es aber schön«, jauchzte Renate, als sie den Flur durchquert und sich mitten im Wohnzimmer platziert hatte. Sie drehte sich einmal um die eigene Achse. »Was für wundervolle Bilder an der Wand. So viel Wald darauf, so viele Bäume ... und Schlösser, Burgen ... das sind doch Schlösser?« Sie kniff kurzsichtig die Augen zusammen. Dann sagte sie: »Hängt da ein Hirschfell? Ist das echt?«

»Ein Erbstück meines Mannes«, erklärte Lydia, ohne weiter darauf einzugehen.

Ben starrte die neuen Nachbarn an. Unglaublich, die hatten sich praktisch gerade selbst eingeladen und dann das Haus gestürmt, als ginge es darum, eine Burg zu erobern.

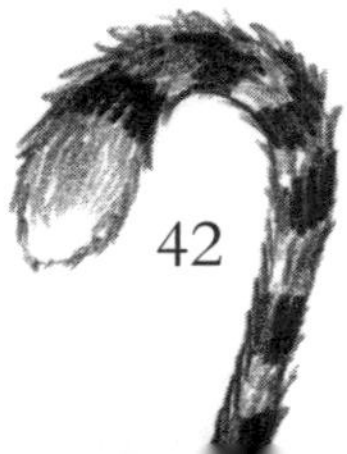

Während er einen nach dem anderen betrachtete, machte sich ein mulmiges Gefühl in seiner Magengegend breit, das er sich nicht erklären konnte.

»Und was für ein schönes Fußkissen«, meinte Renate van Helsing.

»Das ist Schrödinger, unsere Katze«, sagte Bens Vater.

»*Das* lebt?«, kam es zurück.

»Manchmal. Bevorzugt, wenn es Fressen gibt.«

»Schrödingers Katze, die Katze Schrödinger. Sehr lustig«, meinte Herr van Helsing, dann bewunderte er den großen 50-Zoll-Fernseher. »Ein wunderbares Gerät. Bestimmt mit ausgezeichneter Bildqualität.«

»Wir sind ja gerade erst am Einziehen«, mischte sich nun Renate wieder ein, »sonst hätten wir natürlich Kuchen zur Begrüßung mitgebracht, alle Möbel und Geräte befinden sich noch in Kartons, sodass wir nicht einmal ...«

»Wenn das so ist, können Sie selbstverständlich gerne weiter auspacken. Auf uns müssen Sie keine Rücksicht nehmen«, sagte Bens Mutter übertrieben freundlich, um die unangemeldeten Gäste wieder loszuwerden.

Gute Idee, dachte Ben. Nur leider klappte sie nicht.

»Auf gar keinen Fall, wir wollen ja nicht unhöflich

sein. Ein Tässchen Kaffee wäre wunderbar! Dann können wir uns kurz zusammensetzen, und ich kann Ihnen ein wenig auf den Zahn fühlen«, antwortete Renate van Helsing mit ihrem strahlendsten Lächeln.

Ben verschluckte sich beinahe an seiner eigenen Spucke. Hatte sie das eben wirklich gesagt? Oder redeten Holländer einfach nur komisch ... So oder so, Ben hatte von dem Kennenlernen jetzt schon die Nase voll. Die van Helsings waren neugierig, aufdringlich, und Renate wirkte die meiste Zeit wie ein an Land gespülter Fisch, der um Atem rang. Ihr Gesicht leuchtete inzwischen wie eine überreife Tomate, und ihr Mund bewegte sich unablässig, auch wenn sie gerade mal nichts sagte.

Ben sah zu Verena hinüber, die gerade so beiläufig wie möglich versuchte, den Sohn der anderen Familie unter die Lupe zu nehmen – was ihr nur mittelmäßig gelang. Ihr Blick war wie versteinert, so als bestaune sie gerade eines der sieben Weltwunder oder einen dreibeinigen Elefanten oder ein fliegendes Auto.

Von seiner Schwester blickte er zu Ludwig. Der Junge sah ein wenig schwach auf der Brust aus, hatte etwas

Stilles an sich und einen Vorhang aus Wimpern, den man nur anstarren konnte. *Fast wie ein Mädchen*, grinste Ben innerlich. *Der wird es in der Schule schwer haben*, dachte er. *Bestimmt nennen ihn die anderen Jungs* Lulu *oder so.*

Seine Mutter stieß ihn an. »Während ich den Kaffee aufsetze, kannst du dich ja um Ludwig kümmern«, flüsterte sie ihm zu. »Frag ihn, ob er etwas trinken möchte, und dann geht ihr am besten raus.«

Kein Bock, dachte Ben. *Nada. Niente. Null. Zero*, nickte aber brav. Er zwang sich zu einem Lächeln.

»Willst du eine Coke?«, fragte er gequält freundlich.

»Habt ihr Rübensaft?«, fragte der andere zurück.

Habt ihr Rübensaft? Das ist hier kein Biomarkt!

»Ähm, nein.«

»Etwas anderes …«

Ben schüttelte den Kopf.

»… das aus Obst oder Gemüse hergestellt wurde?«

Der Typ klang ja wie Verena. Die beiden würden ein Traumpaar abgeben, dachte er sich und zog bei der Vorstellung einen Mundwinkel nach oben.

»Cola wird auch aus Gemüse hergestellt«, sagte Ben.

»Nein, da sind nur Zucker, Farbstoff und chemische Zusätze drin«, beharrte Ludwig.

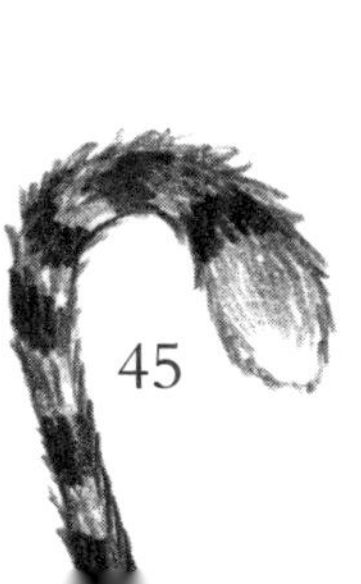

Klugscheißer, dachte Ben. »Cola stammt von Coca-Sträuchern.«

»Nein, daraus gewinnen sie Drogen.«

Ben stöhnte stumm auf. Dem Himmel sei Dank kam ihm Verena zu Hilfe. »Wie wär's mit Blutorangensaft?«, sagte sie.

»Das wäre nett«, antwortete der *Lauch*. Ben hatte ihm gerade den Namen gegeben. *Lulu* behielt er sich als letzte Waffe vor.

»Hach, Sie haben ja so ein schönes Haus. Können wir uns vielleicht einmal umsehen? Wir …«, sagte Renate, wurde aber sofort von Lydia abgewürgt.

»Das geht jetzt leider nicht. Es ist … äh … nicht aufgeräumt.«

»Das …«

»Nein. Ein anderes Mal … vielleicht.«

Ben war klar, was seine Mutter mit ›nicht aufgeräumt‹ meinte. Ihr Sarg stand im Schlafzimmer und war mit Heimaterde aus den Karpaten gefüllt. Auch wenn sie eine moderne Frau mit modernen Ansichten war, so gab es doch auch bei ihr Wurzeln, die in eine tiefe Vergangenheit reichten. Das fand Ben an ihr und an seinem Vater irgendwie cool. Der richtete gerade das Wort an Otto van Helsing:

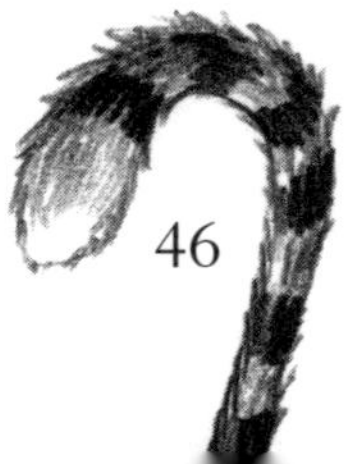

»Was machen Sie beruflich, wenn ich fragen darf?«

Die Frage schien den neuen Nachbarn in Verlegenheit zu bringen. Ben beobachtete, wie er begann, seine Hände zu kneten und von einem Fuß auf den anderen zu treten.

»Ich bin im Transportwesen.«

»Und was transportieren Sie so?«, fragte Werner weiter.

»Dinge«, lautete die kurze Antwort.

»Oh, ich glaube, wir gehen dann mal lieber in die Küche, um Kaffee zu kochen, nicht wahr?«, sagte Renate plötzlich und blickte dabei Lydia an. In Windeseile waren sie in der Küche verschwunden.

Ganz offensichtlich war es der Familie van Helsing unangenehm, darüber zu sprechen, womit sie ihren Lebensunterhalt verdienten.

»Um noch einmal darauf zurückzukommen, ich finde Ihren Familiennamen sehr interessant«, sagte Otto van Helsing unvermittelt.

»Wie meinen Sie das?«, fragte Bens Vater.

»Na, das Wortspiel in Ihrem Namen.«

»Hä?«

»Werner Wolf! Wenn man drei Buchstaben streicht, bekommt der Name eine andere Bedeutung.«

»Die da wäre?«, fragte sein Papa mit eisern zusammengepressten Zähnen.

»WERner WOLF. WERWOLF.«

Fußball und andere Katastrophen

»Sagt mal, Kinder«, meinte Bens Vater leicht panisch. »Wollt ihr nicht ein bisschen Fußball spielen? Es ist schönes Wetter, und die Gespräche der Erwachsenen langweilen euch doch bestimmt.«

Erst die Anspielung auf den Zahn von Renate van Helsing und jetzt auch noch die auf ihren Nachnamen: Das konnte kein Zufall sein. Oder doch? Auf jeden Fall versuchte Bens Vater mit allen Mitteln, das Thema zu wechseln.

»Fußball?«, ächzte der *Lauch.*

Aha, dachte Ben. *Hab ich dich.*

»Muss das sein?«, stöhnte Verena. »Ich kriege doch in der Sonne …« Sie hielt abrupt inne.

»Fußball ist doch super«, meinte Ben und grinste

breit. »Ludwig geht ins Tor.« *Aus dem ich ihn herausballern werde!*

»Och nö«, sagte der kleine van Helsing. »Fußball ist nicht so mein Ding.«

»Siehst du, Bruderherz, es gibt doch noch Menschen mit Hirn«, sagte sie und lachte über ihren eigenen Witz. Auch Ludwig entfuhr ein Lacher, bevor er schnell auf den Boden guckte.

»Das wird dir guttun, Ludwig«, erklärte sein Vater. »Bewegung ist immer gut. Du bist schließlich im Training.«

»Was trainiert *der* denn?«, fragte Ben und schaute ungläubig zu *Ludwig dem Schmalen*n.

Herr van Helsing rutschte unruhig mit dem Hintern auf dem Sofa hin und her und kratzte sich am grauen Bart.

Dann sagte er: »Äh.«

Ben starrte ihn an.

» ... das ist nicht so einfach zu erklären«, fuhr Ludwigs Vater fort. »Äh ... Training eben.«

Was ist das denn für eine Antwort?, dachte Ben. *Da hätte ich auch den Kühlschrank fragen können.*

Aber er hakte nicht nach, sondern griff sich den Fußball im Flur. »Los geht's!«, sagte er.

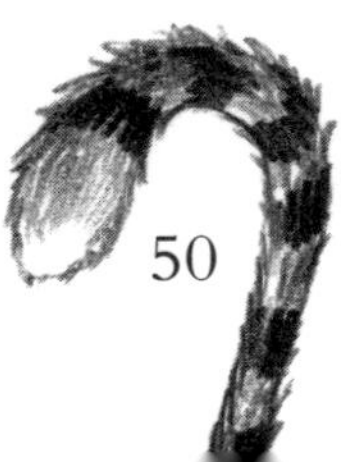

Ludwig spielte Fußball, als hätte man ihm die Augen verbunden und beide Beine gebrochen. Wenn überhaupt stolperte er auf den Ball zu, verfehlte ihn regelmäßig und lag schneller im Gras, als Ben »Rasen« sagen konnte. Im Tor war er die Vollkatastrophe. Sein Nach-dem-Ball-Hechten sah aus, als falle eine Bahnschranke herab. Ungelenk, untalentiert und langsam, stellte Ben nüchtern fest. Was für eine Pfeife.

Sie spielten auf zwei Tore, die sie mit leeren Dosen markiert hatten. Ben gegen Ludwig. Ludwig gegen Ben. Inzwischen stand es wahrscheinlich 70:0. Ben hatte aufgehört zu zählen. Das war so langweilig. Hätte er allein gegen sich gespielt, wäre es spannender gewesen. Der Typ lief grundsätzlich in die falsche Richtung, fiel auf die simpelsten Tricks herein und würde das Tor nicht treffen, wenn man ihn mitsamt dem Ball hineintragen würde.

Schließlich wurde selbst Ben das Toreschießen zu viel. Mit einem letzten gezielten Schuss wollte er dieses Trauerspiel beenden. Der Ball segelte in einer wunderbaren Kurve auf das Netz zu, näherte sich mehr und mehr – und ausgerechnet bei diesem Meisterstoß bäumte sich Ludwig ein letztes Mal auf und bekam den Ball mitten ins Gesicht.

Das hatte gesessen.

Ludwig taumelte nach hinten, hielt sich die Nase und flog rückwärts auf den Boden.

»Toll gemacht, Ben«, stöhnte Verena und ging zu Ludwig.

Fußballspielen war gerade das Letzte, auf das Verena Lust hatte. Schon gar nicht mit Ben und diesem schnöseligen Ludwig. Nur weil er einen adeligen Namen hatte, bildete er sich wohl ein, nicht mit ihr sprechen zu müssen. Oder warum sonst brachte er keinen einzigen Ton heraus? Wieso hatte ihre Mutter überhaupt die neuen Nachbarn ins Haus gelassen, wo ihr Vater vorher noch die gruseligen Dinge über Monsterjagd und Co. erzählt hatte? Manchmal war ihr ihre Familie echt ein Rätsel … vor allem Ben, der gerade wie verrückt mit seinem Ball Ludwig im Tor malträtierte.

Viel lieber würde sie jetzt mit Sarah im Stall sein und sich um Moritz kümmern. Na ja, stattdessen konnte sie sich ja Gedanken über ihre und Torbens Zukunft machen – hätte sie nicht ein quälender Schrei aus ihren Träumen gerissen.

Verena blickte auf und sah, dass Ludwig mit den Händen vor dem Gesicht auf dem Boden lag. Ben hatte ihm den Ball mitten ins Gesicht geschossen.

»Toll gemacht, Ben«, stöhnte sie und ging zu Ludwig. Zwar fand sie ihn nicht sonderlich sympathisch, aber irgendwer musste ihm ja aufhelfen.

»Alles in Ordnung? Mein Bruder ist manchmal echt ein …«, stoppte sie mitten im Satz.

Als Ludwig die Hände vom Gesicht nahm, tropfte frisches hellrotes Blut aus seiner Nase. *Igitt,* dachte Verena nur!

Aber das wirklich Schlimme war: Ihr vampirisches Erbe ließ ihre Eckzähne herausfahren, und sie drehte sich wie von der Tarantel gestochen von Ludwig weg.

Hoffentlich hat er das nicht gesehen, sonst bin ich geliefert, war das Einzige, an das Verena denken konnte.

»Ähm … alles gut bei dir?«, fragte Ludwig stöhnend.

Verena fuhr umgehend ihre Zähne ein und drehte sich langsam zu Ludwig um. Wenn er etwas gesehen hatte, ließ er sich nichts anmerken. Vielleicht war er von dem Volltreffer noch zu sehr benebelt.

»Tut mir leid, aber ich kann kein Blut sehen.« Und das war nicht einmal gelogen. »Komm mit, das kriegen wir schon wieder hin.«

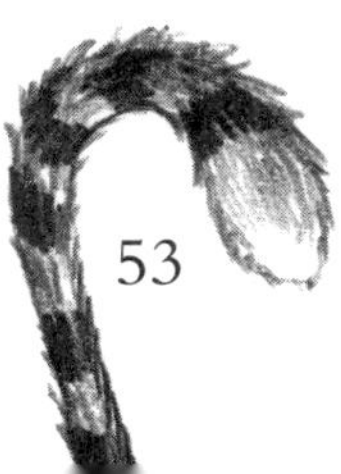

Verena hörte das laute, aber auch gequälte Lachen ihrer Eltern aus dem Wohnzimmer, während sie mit Ludwig – *was ist das bloß für ein Name?* – in der Küche stand.

Sie sah ihn an, er schaute sie an.

»Also«, begann Verena, »willst du was zu trinken und vielleicht einen Eisbeutel?«

Ludwig nickte nur, ohne etwas zu sagen. Echt ein komischer Typ, dachte Verena. Während sie ein Glas mit Wasser füllte und einen Eisbeutel aus dem Gefrierfach holte, herrschte peinliche Stille.

Als Verena ihm beides reichte, sagte er: »Was machst du so?«

»Ich?«, fragte Verena betont überrascht. »Jetzt? Na dich verarzten, siehst du doch …«

Ludwig lachte. »Nein, ich meinte, was du so in deiner Freizeit machst.«

Wollte er das wirklich wissen? Oder war auch ihm das Schweigen zu peinlich?

»Die meiste Zeit streite ich mich mit meinem Bruder …« Sie entlockte ihm erneut ein Lachen. »Und, ähm, na ja, ich reite gern.« Wahrscheinlich kam jetzt gleich ein blöder Kommentar, wie typisch das für Mädchen war. Von Ben bekam sie das ständig zu hören.

»Wirklich?«, sagte Ludwig.

Hab ich's doch gewusst …

»Ich auch!«

Was? Hatte sie sich gerade verhört?

»Du veäppelst mich doch, oder?«

»Nein, ernsthaft. Ich hab sogar ein eigenes Pferd. Apollo. Deutsches Reitpony.«

»Wow!«

»Gehört nur mir.«

»Wow!!!« Mit einem Mal war Ludwig doch nicht mehr so blöd wie anfangs gedacht.

»Ich mach sogar Springreiten mit dem. Bei einem Kreisturnier sind wir Vierte geworden.«

Die Welt versank für Verena in Farben. Viele Farben. Bunte Farben. Farben überall. Ein Junge, der ritt. Auf Turnieren. Mit eigenem Pferd.

Nichts tat Verena lieber als reiten. Jede Woche hatte sie Reitstunden auf einem Schulpferd. Auch ein Pony, aber alt, klepprig und lustlos. Damit dieses Pferd in Galopp verfiel, musste man es schon von einer Felsenklippe ins Meer werfen.

Und nun das!!!

Ludwig hatte ein Pferd!

Apollo!

Wow!

»Echt cool«, sagte Verena um Fassung bemüht. »Ich reite auf dem Schöllerhof.«

»Ah«, machte Ludwig. »Da kommt Apollo nächste Woche auch hin, wenn er aus Hannover hier eintrifft. Meine Eltern haben einen Stallplatz für ihn gemietet.«

»Vielleicht … könnten … wir … ja … mal … zusammen … hingehen … Hufe auskratzen … misten und so.«

»Okay.«

Nur ein Wort, aber für Verena ging die Sonne auf. »Ich finde es toll, dass wir beide gemeinsam hingehen, und ich würde mich …«

»Ähm, kann ich mal eure Toilette benutzen?«, warf Ludwig plötzlich ein und deutete auf seine lädierte Nase, die inzwischen auf eine bedrohliche Größe anwuchs und noch immer blutverschmiert war.

»Klar, das Gästeklo ist im ersten Stock, gleich neben der Treppe links.« Sie streckte ihren Arm in Richtung Treppe aus.

Na super, jetzt wo ihr Interesse an Ludwig geweckt war, würgte er ihre ersten Annäherungen derart unromantisch ab.

Zwei Minuten später stand er wieder vor ihr.

»Sag mal«, begann Ludwig. »Betreibt ihr heimlich einen Zahnpasta-Verkauf?«

Verena verschluckte sich fast an ihrer eigenen Spucke. »Was?«

»Na ja, in eurem Badezimmer sieht's aus wie in einer Lagerhalle«, sagte er lachend.

Erst jetzt verstand sie. So ein Mist! Er war ins Badezimmer gegangen, das direkt neben dem Gästeklo lag! Wie blöd war sie eigentlich, Ludwig allein im Haus herumspazieren zu lassen?

Und was sollte sie jetzt sagen? Dass sie und Mama tonnenweise Zahnpaste für ihre Vampirzähne brauchten? »Unser Onkel ist Zahnarzt«, entfuhr es ihr prompt. Als ob das eine Erklärung wäre …

»Aha.«

»Ich denke, wir gehen zurück zu den anderen«, sagte Verena schnell, bevor der Junge weitere unangenehme Fragen stellen konnte.

Kurz nachdem Verena und Ludwig ins Wohnzimmer zurückgekehrt waren, bereiteten die van Helsings ihren Aufbruch vor.

»Es ist wunderbar, sie alle kennengelernt zu haben. Es war wirklich ein schöner Nachmittag«, flötete Renate, dann wurde ihre Stimme ernst, als sie Ludwigs dick angeschwollene Nase betrachtete. »*Das* wäre allerdings nicht nötig gewesen.« Ihr strafender Blick fiel auf Ben, der reumütig den Kopf senkte und sich wahrscheinlich gerade ins Fäustchen lachte.

Ben war manchmal echt ein Trottel und ziemlich gemein. Und nachdem Verena erfahren hatte, dass Ludwig gern reiten ging und ein eigenes Pferd hatte, fand sie das noch viel gemeiner. Bestimmt hatte er das absichtlich gemacht.

Als die van Helsings unter viel Händeschütteln das Haus verließen, blieben vier Personen ratlos zurück.

»Was war das denn?«, fragte Werner.

»Unverschämte Leute, laden sich praktisch selbst in unser Haus ein, und dann all die Fragen. Es war fast so, als wollten sie uns aushorchen. Werner, mir ist nicht wohl mit den neuen Nachbarn.«

»Ähm«, machte Verenas Papa, anstatt etwas zu sagen. Das tat er immer, wenn er sich nicht sicher war, was er sagen sollte, oder konkreter, was seine Frau jetzt gerne hören würde.

»Und was ist eigentlich mit Ludwig passiert?«

»Ben hat ihm den Fußball absichtlich ins Gesicht geballert«, sagte Verena mit verschränkten Armen.

»Ein Unfall«, meinte ihr Bruder schulterzuckend. »Ein tragischer Unfall, allein der Tatsache geschuldet, dass dieser Schwächling nicht kicken kann. Und im Tor ist er die absolute Niete.«

»Du bist sooo doof«, schimpfte Verena.

»Ben?«, fragte Lydia. »War das Absicht?«

»Mama!«

»Komm mir nicht auf die Tour, ich kenne alle deine Unschuldsblicke. Also raus damit!«

»Nicht schuldig.«

»Lydia«, mischte sich ihr Vater ein. »Was sollen wir jetzt tun?«

»Na, wir kaufen dem Jungen eine Schokolade, und Ben entschuldigt sich.«

»Nein, ich meine, was machen wir mit den van Helsings?«

»Wir müssen abwarten, was sie vorhaben. Ich hoffe, dass sie sich nicht so schnell wieder bei uns melden.«

Auch wenn sie es zu verheimlichen suchten, kamen Ben seine Eltern merkwürdig nervös vor.

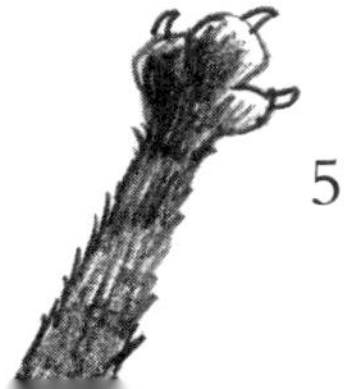

Vorsichts-maßnahmen

Am nächsten Morgen herrschte eisige Stimmung am Frühstückstisch. Bens Mutter stand mitten im Wohnzimmer. Sie hielt eine Karte in der Hand, die sie gerade aus dem Briefkasten gefischt hatte.

»Hmm«, machte sie. Dann noch mal: »Hmm.«

»Was ist los?«, wollte Verena wissen.

»Hmm.«

»Was ist, Schatz?«, fragte ihr Mann.

»Wir haben eine Einladung bekommen.«

»Von wem?«, wollte Ben wissen.

»Die van Helsings laden uns zu einer Party ein«, erklärte Lydia.

»Echt jetzt?«, fragte Verena unsicher. Einerseits fand sie Ludwig irgendwie nett, andererseits war da die Sache mit

den Zahnpastatuben und ihren ausgefahrenen Eckzähnen …

»Ja, echt«, meinte ihre Mutter und legte die Stirn in Falten.

»*Um die Einweihung unseres neuen Heimes würdig zu feiern, laden wir Sie herzlich zu einer Halloweenparty in unseren Mauern ein*«, las Lydia vor.

»Klingt ganz schön geschwollen«, meinte Bens Vater. »In unseren Mauern … Wer redet denn heute noch so?«

»Wann ist das?«, fragte Ben und rieb sich die Brust, so als würde es da jucken.

»An Halloween natürlich, du Doofi«, ätzte Verena.

»Also nächstes Wochenende.«

»Den ganzen Abend mit Otto und Renate reden? Das überlebe ich nicht. Mir hat gestern schon die eine Stunde gereicht«, sagte Werner.

»Vielleicht hat Ludwig ja 'ne Playstation oder 'ne X-Box One«, brummte Ben. »Ich hoffe, die Spiele sind nicht auf Holländisch, das verstehe ich nämlich nicht. Smörrebröd. Smörrebröd. Smörrebröd. Smörrebröd.«

»Das ist Dänisch«, sagte Verena verärgert.

»Ist es nicht. Es ist Niederlandisch.«

»Niederländisch.«

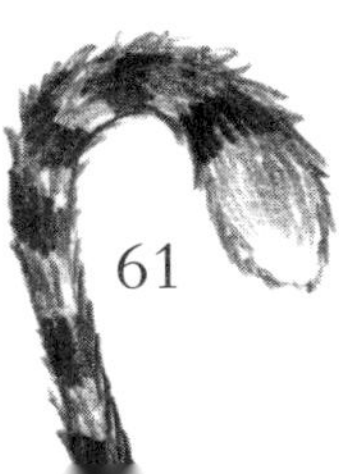

»Eben hast du noch gesagt, es wäre Dänisch.«

»Könnt ihr mal die Luft anhalten?«, sagte sein Vater. »Mama denkt nach.«

Ben tat es. Das Luftanhalten. Er zählte stumm die Sekunden. Und kam bis 1.450. Okay, die Zahl erschien ihm selbst ein wenig groß, vielleicht hatte er sich verzählt, aber er war sich sicher, dass es *Ludwig der Lauch* nicht einmal bis 1.000 schaffte.

Während der Kaffee in der Maschine blubberte und der Toaster duftende Brotscheiben auswarf, sagte Lydia schließlich: »Die Sache ist mir nicht geheuer.«

»Mir auch nicht«, sagte ihr Mann.

»Es kann doch kein Zufall sein, dass die van Helsings in unsere Nachbarschaft gezogen sind.«

Ben sah sie aufmerksam an. Okay, die neuen Nachbarn benahmen sich schon etwas seltsam, aber das tat die alte Katzenfrau am Anfang der Straße auch. Außerdem war das mit der Monsterjagd schon Jahrmillionen her oder zumindest im Mittelalter gewesen, so zumindest laut seinem Vater.

Heute gab es Google, Farbfernsehen und Flutschfingereis, das war doch Schnee von gestern.

»Du denkst …?«

Die Worte seines Vaters schwebten geheimnisvoll in der Luft.

»Ja.«

»Häh?«, sagte Ben.

»Lydia«, wandte sich sein Vater wieder an die Herrin des Hauses. »Was schlägst du vor?«

»Wir müssen ein paar Vorsichtsmaßnahmen treffen, sodass man nicht bemerkt, dass wir Vampire und Werwölfe sind.«

»Aber Mama«, sagte Verena. »Niemand verdächtigt uns. Wir leben doch schon immer hier …«

»Diese Leute sind anders. Wie gesagt, ihre Neugierde, ihre auffälligen Fragen und die Art, wie sie uns anschauen, dürfen wir nicht ignorieren. Daher …«, sie hob die Hand, » … werden wir alles tun, was uns hilft, unser normales Leben in Ruhe fortzusetzen. Und wir halten uns von den van Helsings fern, verstanden?« Alle nickten.

Dann schaute sie Ben an. Ben schaute seine Mutter an.

»Was?«, fragte er.

»Bei dir machen wir ein Ganzkörper Brasilian Waxing.«

»Ein was?«

»Wir enthaaren dich, mit heißem Wachs. Heute Nachmittag kaufe ich alles dafür ein.«

»Bist du verrückt?«

»Junger Mann, rede nicht so mit mir. Es muss sein!« Ihr Finger fuchtelte vor seinem Gesicht herum. »Das klingt schlimmer, als es ist. Frauen machen das öfters. Tut ein bisschen weh, ist aber auszuhalten. Und …« – der Finger hielt direkt vor seiner Nasenspitze an, Ben musste schielen, um ihn noch sehen zu können –, »… deine starke Körperbehaarung macht dich verdächtig. Ich gehe mal davon aus, dass Ludwig zu euch auf die Schule kommt, dann habt ihr gemeinsam Sport- und Schwimmunterricht, er darf deine wölfische Natur auf gar keinen Fall sehen.«

»Ach Mama!«

»Nun zu dir, Verena.« Sie beugte sich vor. »Ich mache gleich einen Termin für den Nachmittag beim Kieferorthopäden. Deine Eckzähne müssen ein wenig heruntergeschliffen werden, sie sind sowieso schon wieder viel zu lang und auffällig.«

Wie alle Kieferorthopäden war auch der Zahnarzt der Familie ein Vampir, daher musste sich niemand Sorgen

über eine Entdeckung machen. Schon vor Jahrhunderten hatten die Vampire erkannt, dass ihnen eine Entdeckung durch Zahnärzte und Kieferorthopäden drohte, und so hatte man beschlossen, einfach selbst diese Berufe zu besetzen, um einer Entlarvung zu entgehen.

Ben hatte Verena und seine Mutter schon ein paarmal zu ihren Terminen begleitet und wusste, dass die Zahnarzthelferinnen aus dem Behandlungszimmer geschickt wurden oder die Termine nach Praxisschluss stattfanden, wenn Vampire in die Praxis kamen.

»Okay«, sagte Verena kleinlaut.

»Ich selbst …«, fuhr Lydia fort, »werde ab heute wieder regelmäßig ins Solarium gehen, damit ich nicht so blass aussehe.«

»Was ist mit Papa?«, fragte Ben.

»Der kann so bleiben, wie er ist. Papa rasiert sich ja jeden Tag von Kopf bis Fuß, und bei Vollmond geht er schon lange nicht mehr nachts raus.«

Ja, dachte Ben. *Dann schläft er im Keller auf dem alten Sofa und jault die ganze Nacht den Mond an, der durchs Fenster fällt.*

»Ich denke also«, sagte Lydia, »wenn wir diese kleinen Vorsichtsmaßnahmen hinter uns haben, kann es weiter-

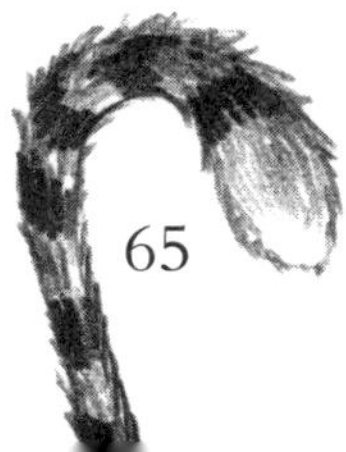

gehen wie gewohnt. Mit den van Helsings werden wir schon fertig. Und eine Ausrede für die Halloweenparty wird uns auch noch einfallen.«

Plötzlich gab es einen lauten Plumps. Schrödinger war im Schlaf von der Couch gefallen. Ben schaute besorgt zu ihm hinüber, aber der Kater schnarchte leise auf dem Teppich weiter. Er war nicht mal aufgewacht.

Das war nicht allzu erstaunlich.

Erstaunlich war, wie es Schrödinger zuvor aufs Sofa geschafft hatte.

Das hätte er gern gesehen.

Blicke, die man spüren kann

»Ist er das?«, fragte Sarah, als Ludwig das Klassenzimmer betrat und sich zur Lehrerin vor die Tafel stellte.

Verena, die neben ihr saß, spürte, wie sie errötete.

»Ja«, hauchte sie. »Das ist er.«

»Der sieht süß aus!« Ihre Freundin machte hinter vorgehaltener Hand einen Kussmund.

»SARAH«, zischte Verena. »Lass das!« Sie wollte auf gar keinen Fall, dass Ludwig mitbekam, dass sie über ihn redeten.

»Dann kann ich Torben ja für mich allein haben, während du mit Ludwig rumknutschst«, kicherte ihre beste Freundin weiter.

»Hör auf damit«, stöhnte Verena. »Außerdem knutscht hier keiner mit irgendwem!«

Zu Verenas Glück meldete sich ihre Mathelehrerin, Frau Stüdemann, zu Wort.

»Kinder ... hallo ... hört mal kurz zu.« Sie legte ihre Hand auf Ludwigs Schulter. Ihr neuer Nachbar schien sich nicht besonders wohl bei all der Aufmerksamkeit zu fühlen, die ihm zuteil wurde. »Das ist Ludwig van Helsing ...«

»Ist der Holländer?«, rief Max aus der letzten Reihe.

»Dann hat er die Fußball-WM verpasst.« Die ganze Klasse brüllte vor Lachen.

Max war der Klassenclown der 7a. Immer ein Spruch auf den Lippen, mit dem er den Unterricht störte. Seine Mutter hatte schon drei Mal beim Rektor antanzen müssen, aber das schien Max nicht zu jucken.

»Nein, ist er nicht, oder?« Ihre Lehrerin wandte sich mit fragendem Blick an Ludwig, doch der schwieg und guckte auf seine Schuhe. »Wie auch immer, Ludwig ist euer neuer Klassenkamerad, und ich hoffe, ihr helft ihm dabei, sich schnell einzufinden.« Sie schubste den Nachbarsjungen leicht an. »Du kannst dich in die letzte Reihe neben Paul setzen.«

Ludwig stapfte mit gesenktem Kopf nach hinten. Sein Stuhl ruckte laut, als er sich daraufplumpsen ließ. Dafür

gab es einen strengen Blick von Frau Stüdemann, die aber gleich darauf wieder lächelte und sagte: »Nächste Woche schreiben wir einen Test, dann lasst uns mal schauen, woran wir noch arbeiten müssen.«

Verena konnte heute dem Unterricht kaum folgen. Während sie versuchte, sich darauf zu konzentrieren, was Frau Stüdemann sagte, glaubte sie, Ludwigs Blicke in ihrem Nacken zu spüren.

Obwohl es sie dazu drängte, sich umzudrehen, biss sie die ersten fünf Unterrichtsminuten die Zähne zusammen, aber dann hielt sie es nicht mehr aus. Sie ließ ihren Bleistift vom Tisch rollen, und als sie sich bückte, um ihn aufzuheben, nutzte sie die Gelegenheit, einen scheuen, unauffälligen Blick nach hinten zu werfen. Ludwig sah ihr direkt in die Augen.

Und dann …

… lächelte er.

Mit glühenden Wangen richtete sie wieder auf. Ihr Mund war plötzlich ganz cken.

»Du passt überhaupt nicht auf«, flüsterte rah neben ihr. »Was machst du denn?«

»Mir ist der Stift runtergefallen.«

Drei Minuten später war es der Radiergummi. Irgendwie war er an die Tischkante gerutscht und dann *Plumps* …

Wieder lächelte Ludwig. Und war da nicht ein klitzekleines Zwinkern in seinen Augen gewesen?

Oh mein Gott, er zwinkert mir zu.

Sarah rammte ihr den Ellbogen in die Seite. »Muss das sein?«

»Mir ist was runtergefallen.«

»Das passiert dir heute ziemlich oft.«

»Was ist da los?«, rief Frau Stüdemann ungehalten von der Tafel. »Was gibt es zu reden?«

»Äh … nichts, Frau Stüdemann«, murmelte Verena, warf aber heimlich aus dem Augenwinkeln einen Blick zu Ludwig.

»Na, dann ist ja gut, denn ich erbitte mir Ruhe.« Die Lehrerin wandte sich wieder der Tafel zu.

Verena zwang sich, dem Unterricht zu folgen, aber so richtig wollte ihr das nicht gelingen. Um sich abzulenken, begann sie, mit dem Stift herumzukritzeln. Nichts Besonderes. Blumen und so. Ein paar Feen. Die Sonne. Sterne. Herzchen. Und Ludwigs Name.

Als sie ihr Kunstwerk genauer betrachtete, stellte Vere-

na fest, dass sie eigentlich nur Ludwigs Namen geschrieben hatte. Mindestens zwanzig Mal. Wo waren die Blumen, die Feen, die Sonne, die Sterne und die Herzchen?

Sarah beugte sich herüber. »Von wegen, keiner knutscht hier mit irgendwem«, kicherte sie los. »Dir ist schon klar, dass du auf die Tischplatte geschrieben hast, oder?«

Oh nein! Sie war so vertieft gewesen, dass sie das gar nicht bemerkt hatte!

Verena wurde ganz heiß, sie antwortete Sarah nicht, sondern wischte panisch mit einem Taschentuch über die Tischplatte. Gleich würden alle Spuren verschwunden sein.

Sie rieb, sie rubbelte, sie spuckte auf das Tuch und wischte noch stärker. Nichts geschah.

Verena starrte auf den Stift in ihrer Hand.

Das war ja gar nicht ihr Bleistift.

Auf dem Stift, mit dem sie gemalt, besser gesagt geschrieben hatte, gab es einen kleinen Aufdruck. Verena musste die Augen zusammenkneifen, um lesen zu können, was da stand.

Permanent. Wasserfest.

Das darf nicht wahr sein, dachte sie und wollte im Erdboden verschwinden. *Das darf jetzt einfach nicht wahr sein.*

Wuchernde Haare und zu lange Eckzähne

Am Nachmittag

Das darf nicht wahr sein, dachte Ben panisch, als seine Mutter mit einem Leinenstreifen voller heißem Wachs in ihren Händen auf ihn zukam, während er oberkörperfrei auf dem Küchentisch lag.

»Halt still«, sagte sie.

Ben wollte wegrennen. Egal wohin.

»Das tut vielleicht ein bisschen weh«, meinte seine grausame Mutter.

Afrika, dachte Ben. Afrika wäre weit weg genug von dieser Verrückten, die ihn verstümmeln wollte.

Der heiße Lappen wurde quer über seine Brust gelegt. Das Monster, das seiner Mutter bis aufs Haar glich, aber

unmöglich seine Mutter sein konnte, da die ihm so etwas niemals antun würde, lächelte.

»Beweg dich nicht.«

Das brannte. Oh, wie das brannte. Der tiefste und heißeste Schlund der Hölle bohrte sich durch seine empfindliche Haut. Flammende Schmerzen überfluteten ihn. Nie zuvor hatte ein Mensch mehr leiden, mehr ertragen müssen.

»Stell dich nicht so an«, sagte das Monster in Muttergestalt. »Frauen machen das ständig. Das ziept ein wenig, okay, aber das war es auch schon.«

Das ziept ein wenig?

Bei allen Göttern, war seine Mutter dem Wahnsinn verfallen? Es *ziepte* nicht, jemand hatte ein Lagerfeuer auf seiner Brust entzündet.

Ungerührt sagte das Monster: »Jetzt wird es wirklich wehtun.«

Dann riss sie den Baumwollstreifen von seiner Brust. Das Problem war nur, der Stoff wollte da nicht weg, denn er war eine enge, sehr enge Verbindung mit seiner Haut eingegangen, und als er jetzt weggerissen wurde, hatte Ben das Gefühl, bei lebendigem Leib gehäutet zu werden.

»Sehr gut«, sagte seine Mutter und betrachtete den

Wachsstreifen in ihrer Hand, auf dem sich jetzt unzählige Haare befanden.

Ben hob den Kopf an, um nachzusehen, ob seine Organe oder irgendwelche Knochen freilagen.

Nichts dergleichen. Etwas gerötet und haarlos hatte er nun einen kleinen nackten Landestreifen auf der Brust.

»Das funktioniert immer«, meinte die Außerirdische. »Na, dann nehmen wir uns mal die restliche Brust vor. Danach Rücken, Arme und Beine. Du wirst aussehen wie ein neugeborenes Baby.«

Ich werde sterben, dachte Ben.

Seine Mutter griff nach dem nächsten heißen Streifen in der Schüssel, legte ihn auf eine noch haarige Stelle seiner Brust und presste ihn fest.

Glühende Feuerzungen verschlangen Ben. Er gab sich ganz seiner Fantasie hin. Sah sich selbst als Retter der Menschheit im Kampf gegen unzählige Aliens. In allen Winkeln des Universums würde man seinen Heldenmut preisen. Nur noch dieser eine Kampf…

Seine Mutter fasste nach einer Ecke des Baumwollstreifens.

»Bereit?«, fragte sie.

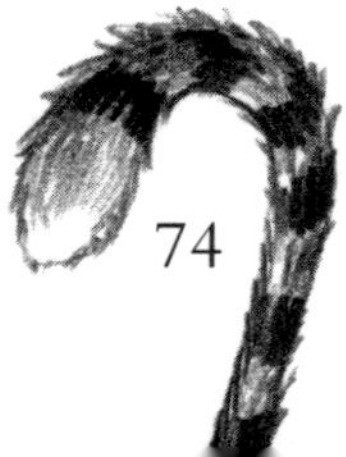

Ben nickte tapfer. Es ging um das Schicksal der ganzen Welt.

DANN ZIEPTE ES!

Ben war mit stark geröteten Augen an Verena vorbeigestürmt, als sie die Küche betrat. Noch geröteter war allerdings sein nun haarloser Oberkörper, der aussah, als hätte man ihm die Haut abgezogen. Ben war so rot wie ein Grillhähnchen, und Verena konnte nur mühsam ein Kichern zurückhalten.

Okay, jetzt war *sie* gemein. Das hatte bestimmt wehgetan, sie konnte sich gut vorstellen, wie es ihrem Bruder ging. Ihr Nachmittag würde auch nicht unbedingt rosig werden. Verena hasste es, zum Zahnarzt zu gehen. Danach konnte sie mindestens drei Tage lang nicht richtig kauen, weil ihre abgeschliffenen Eckzähne so empfindlich waren.

Zu dem bevorstehenden Schmerz gesellten sich ihre Fingerkuppen, die immer noch ganz wund vom Schreibpultschrubben waren. Damit niemand sehen konnte, was sie während der Mathestunde auf den Tisch im Klassenzimmer gekritzelt hatte, war sie auf die Idee gekommen, alles mit Büchern und Heftern vollzupacken. Das hatte

ihr zwar ein paar merkwürdige Blicke von Frau Stüdemann eingebracht, aber die hatte nichts dazu gesagt.

Nach dem Unterricht hatte sie Sarah zum Hausmeister geschickt, um Putzzeug zu holen. Sarah hatte bei Herrn Maier irgendetwas von Kunstunterricht und ausgelaufener Farbe erzählt, und Herr Maier hatte sie mit Bürste, Lappen, Eimer und Scheuerpulver zurückgeschickt. Zum Glück hatte er nicht angeboten zu helfen.

Die ganze große Pause war mit der Putzerei draufgegangen, aber wenigstens hatte niemand außer Sarah etwas mitbekommen, und die schwieg als beste Freundin natürlich.

Noch während sie darüber nachdachte, schnappte sich ihre Mutter den Autoschlüssel von der Anrichte und sagte: »Auf geht's, Fräulein, der Zahnarzt wartet nicht auf uns.«

Seufzend ging Verena ihr nach und stieg brav ins Auto.

Eine Viertelstunde später saß sie im Behandlungsstuhl oder vielmehr lag sie darin, denn der Zahnarzt, Herr Petrescu, hatte den Stuhl in eine fast waagrechte Position gebracht, damit er bequem in ihren Mund schauen konnte, der nun wie angeordnet weit geöffnet war.

»Fahrrr bitte mal deine Eckzähne aussss«, sagte der Zahnarzt, von dem Verena wusste, dass er ursprünglich aus Transsilvanien, der alten Heimat von Mamas Familie, stammte. Daher auch der zischelnde Akzent. Verena tat, was er verlangte, und sie spürte, wie die Eckzähne langsam aus ihren Zahntaschen herausglitten und immer länger wurden.

»Prrrächtig«, sagte Herr Petrescu. »Wundervolle Vampirzähne, perfekt zum Blutsssaugen.«

»Sie wissen doch, dass wir das nicht tun«, meinte ihre Mutter, die neben dem Behandlungsstuhl stand und Verenas Hand hielt.

»Äh, ja«, gab der alte Arzt mit den fludrigen weißen Haaren zu, die wie ein Heiligenschein in alle Richtungen von seinem Kopf abstanden. »Natürrrlich nicht. Niemand macht das heute mehr … ich meinte nur … die alten Zeiten …«

»Ja, ja, ich weiß«, erklärte Lydia. »Könnten Sie jetzt mit ihrer Arbeit beginnen?«

»Wollen Sie das wirrrklich?«, fragte Herr Petrescu.

»Abschleifen!«

»Diese wundervollen Zzzähne?»

»Diese wundervollen Zähne nützen Verena nichts, können sie aber in große Gefahr bringen, wenn jemand bemerkt, dass sie kein normales Gebiss hat«, sagte ihre Mutter bestimmt. »Verena ist noch jung, und immer wieder schieben sich die Eckzähne ungewollt bei ihr heraus, das geht genau so lange gut, bis es nicht mehr gut geht.«

»Aber nach so langer Zeit. Ist denn etwas …«

»Abschleifen!«

Verena war der Unterhaltung schweigend gefolgt. Sie wusste, dass es keine Alternative gab. Nicht seit die van Helsings gegenüber eingezogen waren. Sollten die Nachbarn wirklich die Nachfahren von Monsterjägern sein, wäre sie selbst das Monster, das es zu jagen galt. Das sagte sie sich immer und immer wieder vor. Mit flach gefeilten Zähnen war es einfach sicherer.

Der Zahnarzt schaltete das Schleifgerät an. Als er mit seiner Arbeit begann, wusste Verena, wie sich ihr Bruder bei der Enthaarung gefühlt hatte.

Seltsam, seltsam

Drei Tage später

Ben stand vor der Haustür und kickte mit dem Fußball gegen die Garagenwand.

Bomm. Bomm. Bomm.

Der Tag ging langsam in den Abend über. Es war noch immer ungewöhnlich heiß für diese Jahreszeit, Schweiß lief ihm über die Stirn, als er ein Dribbling gegen eine Million unsichtbare Gegner versuchte. Er scheiterte schon am ersten, weil er über die eigenen Füße stolperte.

»Haha«, machte es hinter ihm.

Ben drehte sich um. Seine Schwester grinste ihn an. Wie an jedem Nachmittag trug sie Reitstiefel, Reithose und ein weißes Polohemd. Schutzweste, Reithelm und

Gerte hielt sie in den Händen. Ihre langen schwarzen Haare waren zu einem Pferdeschwanz gebunden, der auf und ab wippte, als sie laut lachte.

»Das war echt komisch«, grölte sie.

Ben verzog den Mund. Verena konnte gut austeilen, aber ob sie auch einstecken konnte, würde sich gleich herausstellen. Er schnappte sich den Fußball und kickte ihn – dieses Mal zielsicher und mehr als elegant – in Richtung seiner Schwester. Die quiekte nur laut auf und sprang zur Seite.

»Bist du bescheuert? Ach egal … ich muss sowieso los, für solchen Quatsch hab ich keine Zeit.«

»Ach stimmt, Sarah wartet ja schon auf dich, damit ihr wieder zusammen Zöpfchen flechten könnt … wie süüüüüüß!«, trällerte Ben Verena entgegen. »Ihr seid echt solche Mädchen.«

»Hör auf, mich andauernd als Mädchen zu bezeichnen, du Blödmann!«

»Mädchen, Mädchen, Mädchen …« Ben war kurz davor, seine Schwester zum Explodieren zu bringen.

Genau das war sein Plan!

»BEN! Außerdem treffe ich mich gar nicht mit Sarah, sondern mit Lu …« Verena stoppte mitten im Satz.

»Egal … das geht dich sowieso nichts an«, sagte sie und machte Anstalten zu gehen.

Aber nicht mit ihm!

»Du triffst dich mit dem Lauch?« Fassungslos starrte er seine Schwester an. »Mama und Papa haben befohlen, dass wir uns von den van Helsings fernhalten«, sagte Ben vorwurfsvoll. Das konnte jetzt echt nicht wahr sein!

Verena starrte ihn verärgert an. Ihre Eckzähne blitzten zwischen den Lippen hervor, das taten sie immer, wenn sie wütend war, aber es fiel nicht mehr so auf, seitdem sie abgeschliffen waren.

»Ja und?«

»Das weißt du ganz genau.«

»Die haben nichts befohlen, nur gemeint.«

»Das ist das Gleiche! Willst du, dass unsere Köpfe auf Spießen enden?« Das klang zwar reichlich übertrieben, aber irgendwie hörte es sich cool und dramatisch an, fand Ben. Und wenn er seine Schwester damit aufziehen konnte, war ihm das mehr als recht.

»Das sagst ausgerechnet du … Ich dachte, du findest die van Helsings einfach nur langweilig?«

»Ja, vor allem deinen *Lulu*.« Ben konnte nicht fassen, dass seine Schwester den Nachbarsjungen mochte.

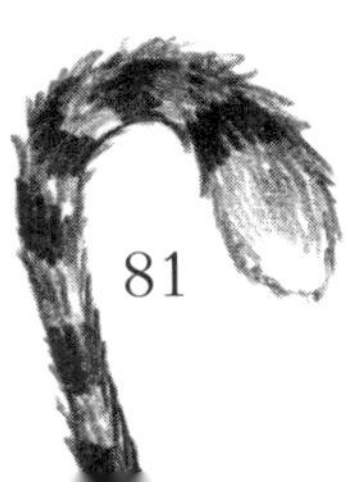

»Uuuund?«, sagte Verena gedehnt. »Willst du mich jetzt verpetzen?« Sie ließ Ben gar nicht erst zu Wort kommen. »Überhaupt sind das ganz normale Menschen, hast du doch selbst gesagt.« *Wo sie recht hat, hat sie recht,* dachte Ben. Aber das hieß noch lange nicht, dass er ihnen vertraute. Sein Bauchgefühl sagte ihm nämlich etwas anderes. Das wollte er Verena allerdings nicht auf die Nase binden, sie würde ihn ja nur wieder auslachen.

»Okay, okay. Und was machst du, wenn unsere Eltern davon erfahren?«

Verena warf den Kopf in den Nacken, ihr Pferdeschwanz flog dabei wild herum.

»Sie erfahren es einfach nicht, weil du den Mund hältst, verstanden? Und wenn schon, Ludwig ist eben mein …«

»Hmm?«

» … er ist mein Freund.«

»Du bist verknallt in diesen Schnösel«, stellte Ben nüchtern fest.

»BIN ICH NICHT, und nenn ihn nicht Schnösel!« Verenas Gesicht lief knallrot an. »Ludwig ist einfach nett, und genau wie ich mag er Tiere. Ich finde es toll, dass er sich für mehr als nur Fußball interessiert.«

Ist klar, der kann ja auch nicht kicken, ohne sich die Beine zu brechen, dachte Ben, sagte aber lieber nichts.

»Nett oder nicht, eigenes Pferd hin oder her, Mama und Papa haben gesagt, wir sollen von den van Helsings wegbleiben. Geht das nicht in deinen Schädel?« Ben trat einen Schritt näher an seine Schwester heran. »DAS sind vielleicht immer noch MONSTERJÄGER, und wir sind die MONSTER, die SIE jagen.« Langsam mochte er diese Vorstellung. Wenn die van Helsings Monsterjäger waren, würde er derjenige sein, der sie ein für alle Mal in die Flucht trieb! Ben, der Monsterjäger-Bezwinger!

»Blödsinn«, meinte Verena schnippisch und riss ihn aus seinen Gedanken.

»Und die ganzen Anspielungen, als sie bei uns zu Hause waren? Hast du die etwa schon vergessen? Und die Halloweenparty, mit der sie uns in die Falle locken wollen?«

»Dafür gibt es sicherlich einfache Erklärungen.«

»Und zwar?«

»Nun gut …« Wieder flog der Pferdeschwanz herum. Verena schien vom Eifer der Verteidigung ihres Geliebten und seiner Familie gepackt.

»Und was ist mit Klein-Ludwigs ominöser Prüfung und dem Training, von dem sein Vater gesprochen hat?«

»Da geht es ums Springreiten. Er muss sich für höhere Wettkämpfe qualifizieren, aber davon verstehst du nichts.«

»Aber du.«

»Ja.«

Plötzlich kam ein Auto die Straße hinaufgeknattert und hielt direkt vor dem Haus der van Helsings. Ein finster aussehender Mann stieg aus. Er trug schwarze Armeehosen und einen langen dunklen Mantel. Ungewöhnlich bei dieser Hitze. Sein Gesicht war von einem langen Bart bedeckt, und in den Händen hielt er einen eingewickelten Gegenstand. Ben konnte nicht erkennen, um was es sich dabei handelte, aber das Ding hatte eine komische Form.

Der Mann nickte ihnen zu. Auf seinen schmalen Lippen lag ein freudloses Lächeln, das Ben unter die Haut kroch. Ein kalter Finger wanderte seine Wirbelsäule hinauf. Oder eine Eisspinne, so genau ließ sich das nicht sagen. Er erschauerte.

Der Mann hatte inzwischen das Gartentor geöffnet und ging zum Haus. Noch bevor er klingeln konnte, erschien Renate van Helsing im Türrahmen und begrüßte

ihn überschwänglich. Sie winkte kurz zu ihnen herüber, dann verschwanden beide im Haus.

»Merkwürdiger Typ«, sagte Ben.

»Richtig unheimlich«, meinte Verena. Ihre Stimme zitterte leicht.

»Und wie uns Frau van Helsing angeschaut hat …«

»… so als wäre es ihr nicht recht, dass wir den Fremden gesehen haben.«

»Siehst du?«, sagte Ben. »Mit diesen Leuten stimmt etwas nicht.«

»Pah! Bloß weil sie komische Bekannte haben? Das bedeutet gar nichts.«

»Du hast gerade selbst gesagt …«

Ben wurde durch ein weiteres Auto unterbrochen, das die Straße hinaufkam und vor dem Haus hielt.

Diesmal stieg eine alte Frau mit schlohweißem Haar aus. Sie trug ein altmodisches schwarzes Kleid und hielt sich gebückt an einem Gehstock fest, als sie aus dem Fahrzeug trat. Ihr Mund wurde zu einem zahnlosen Loch, das sich öffnete und wieder zusammenfiel, als sie herübergrinste.

Ben wurde ganz flau im Magen.

Die Alte schnappte sich eine Schüssel vom Rücksitz, in der eine dunkelrote Brühe hin und her schwappte. Dann wackelte sie zum Haus, wo Renate wie hingezaubert im Türrahmen auftauchte. Diesmal machte sie sich nicht die Mühe, den Kindern zu winken.

»In dem Alter fährt die noch Auto«, sagte Ben staunend, als die Tür wieder zufiel.

»Hast du die Schüssel gesehen?«

»Ja, sah aus wie Blutsuppe.«

»Mit Stücken drin«, ergänzte Verena.

»Wahrscheinlich menschliches Gehirn«, stellte Ben fest.

Verena machte »Iiiieh«. Es klang wie das Quieken eines kleinen Schweins.

»Boah«, meinte Ben. »Krasse Leute, die da ein und aus gehen.«

Der Satz war noch nicht beendet, da fuhr auch schon ein altersschwacher Kleinlaster mit lautem Knattern vor. Als der Wagen stoppte, gab es eine laute Fehlzündung, und die Bremsen ächzten. Ein dicker, sehr dicker Mann in blauer Latzhose und rot kariertem Hemd kam zum Vorschein und wischte sich mit einem Taschentuch über die Stirn. Dann hob er eine Tüte aus dem Wagen heraus und warf einen langen Blick hinein, bevor er wieder aufschaute.

»Was treibt ihr hier draußen?«, rief er herüber, als er

Ben und Verena entdeckte. »Habt ihr kein Zuhause, ihr kleinen Monster?«

Ben und seine Schwester neben ihm zuckten gleichzeitig zusammen. Dann warf der Mann die Autotür geräuschvoll zu, stapfte zum Haus und …

… wurde natürlich von Renate van Helsing empfangen, die sich gerade wieder in den Türrahmen gebeamt hatte.

»Leck mich an der Waffel«, stöhnte Ben. »Das reinste Horrorkabinett. Hat der uns gerade Monster genannt? Einer von diesen Typen ist schräger als der andere. Bin gespannt, was als Nächstes kommt.«

Sie mussten nicht lange warten.

Ein schwarzer Motorroller kam angebrummt, und ein spindeldürrer, mindestens zwei Meter großer Mann stieg ab. Er zog den Helm herunter, krempelte die hochgeschlagenen Hosenbeine seines dunklen Nadelstreifenanzugs herab und verzog die Nase bei Ben und Verenas Anblick. Im Gegensatz zum letzten Ankömmling sprach er kein Wort, sondern löste einen Karton vom Gepäckträger, der an allen Seiten Löcher aufwies.

Vorsichtig balancierend marschierte er damit zum Haus. Renate kam herausgeschwebt, und weg war er.

»Was war da drin?«, fragte Verena. Auf ihrem Gesicht stand der blanke Schreck.

»Der Karton hatte Löcher, also ist da drin etwas, das Luft zum Leben braucht. Wahrscheinlich ein Tier. Ich vermute, eine Ratte.«

»Was wollen die mit einer Ratte?«

»Keine Ahnung. Essen vielleicht.«

»Eine Ratte?«

»Lebendig.«

»Iiiiehhh«, machte Verena. Diesmal klang es, als würde das kleine Schwein gefoltert. »Lass uns sofort reingehen.«

»Noch nicht«, sagte Ben. »Wir müssen herausfinden, was da vor sich geht und wer diese merkwürdigen Leute sind.«

»Spinnst du? Und wenn es gefährlich wird?«

»Genau deswegen müssen wir das machen. Wir müssen wissen, mit wem wir es zu tun haben, damit wir uns vorbereiten können.«

»Ben, das ist ernst. Du bist hier nicht in einem deiner Computerspiele. Wenn etwas in der Realität nicht klappt, kann man nicht auf Neustart drücken, dann ist man *Game over*. Ist dir das klar?«

»Denkst du wirklich, ich weiß das nicht?«

»Bitte tu nichts Unüberlegtes.«

Ben sah, dass sie wirklich besorgt war. »Ich denke ja nur nach.«

»Rede auf jeden Fall mit Mama und Papa, bevor du etwas unternimmst.«

Genau das kann ich nicht tun, dachte Ben. *Die würden es mir sofort verbieten.*

»Mach ich«, sagte er.

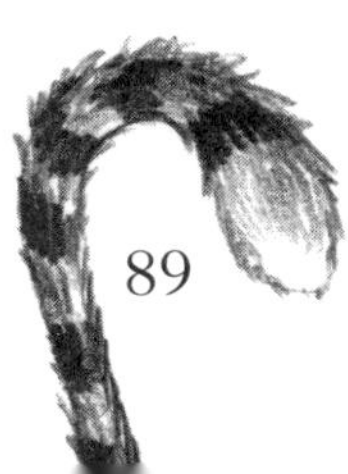

Spaziergang mit Folgen

Am nächsten Tag

Direkt nach der Schule war Verena zum Pferdehof geradelt, gestern nach dem Streit mit Ben und den merkwürdigen Besuchern der van Helsings war ihr nicht nach Reiten gewesen. Als sie aber heute Morgen aufgewacht war, konnte sie ihre Aufregung von gestern gar nicht mehr verstehen. Ludwig und Monsterjäger? Ben fantasierte gerne und machte aus einer Mücke einen Elefanten. Sie konnte sich einfach nicht vorstellen, dass Ludwig und seine Eltern es auf sie und ihre Familie abgesehen hatten. Wenn sie genauer darüber nachdachte, war das absoluter Schwachsinn!

Verträumt blickte sie zum strahlend blauen Himmel

und kratzte ungeduldig mit ihrem Stiefel im Staub. Ludwig war noch nicht aufgetaucht, obwohl er versprochen hatte, pünktlich zu sein. Beschweren brauchte sie sich allerdings nicht, immerhin hatte sie ihn gestern komplett versetzt.

Sie zog ihr Smartphone hervor und checkte das Display. Keine neuen Nachrichten.

Die Sonne knallte vom Himmel, Verena fühlte sich wie ein Brathähnchen am Grillspieß. Dass Vampire in der Sonne in Flammen aufgingen, war Gott sei Dank nur ein Gerücht.

Es dauerte noch weitere zehn Grillminuten, bis Ludwig endlich auftauchte, und als Verena ihn strahlend ansah, guckte er gar nicht hin, sondern stellte die Riemen seines Reithelms ein.

»Musstest du noch was erledigen?«, meinte Verena.

»Hä?«

»Schon gut«, lenkte Verena ein, sie wollte ja nicht vorwurfsvoll klingen. »Lass uns zu Apollo gehen.«

Ludwig nickte, stapfte voran und Verena hinterher. Im Stall war es ebenfalls heiß und sehr dämpfig. Verena kam aus dem Schwitzen gar nicht mehr heraus. Ludwig hingegen schien nichts von der Hitze zu bemerken, denn er

legte Apollo in aller Seelenruhe das Halfter an und führte ihn aus dem Stall.

»Willst du auf die Bahn und reiten oder mit ihm spazieren gehen?«, fragte Verena, die insgeheim auf die Bahn hoffte und darauf, dass Ludwig ihr anbot, selbst einmal Apollos Zügel in die Hand zu nehmen. Davon träumte sie die ganze Zeit, aber Ludwig schien andere Vorstellungen zu haben.

»Spazieren«, meinte er kurz angebunden.

Also trottete er mit dem Strick in der Hand vom Hof. Verena folgte ihm auf der anderen Seite des Pferdes.

Fünf Minuten vergingen schweigend, und Verena fragte sich, was mit Ludwig los war.

»Ein schöner Tag«, sagte sie, um das Eis zu brechen.

»Ja«, brummte Ludwig.

»Da, wo du früher gewohnt hast ...«

Ludwig brummte erneut.

»... hattest du da viele Freunde?«

Sie wollte mehr über ihn erfahren, da er bisher nichts von sich erzählt hatte.

Er runzelte die Stirn. »Freunde? Ein paar.«

Oh Mann, warum musste man Jungs immer jedes Wort aus der Nase ziehen?

»Wie hießen die denn?«, wagte sie einen weiteren Anlauf.

»Paul und Marco … und Emma.«

Oh, damit hatte sie jetzt nicht gerechnet. Peinliches Schweigen trat ein.

»Ist Emma … ähm … deine Freundin?«, fragte Verena zögerlich, ohne die Antwort hören zu wollen.

Das Stirnrunzeln wurde tiefer. Dann blieb Ludwig abrupt stehen und schaute ihr in die Augen. »Ja, na klar ist sie meine Freundin.«

Verenas Herz machte einen enttäuschten Hüpfer.

»Und wie … findet sie es, dass du umgezogen bist? Ist sie nicht furchtbar … traurig?«

»Schon, aber sie hat ja noch Jonas.«

Häh? Wer war denn jetzt bitte schön Jonas? Langsam kam Verena nicht mehr mit. Ludwig bemerkte ihren verwirrten Gesichtsausdruck.

»Jonas ist ihr fester Freund.«

»Sicher … ähm … das hab ich mir doch gleich gedacht«, antwortete Verena verlegen. Ihr ganzes Gesicht glühte.

»Hast du etwa geglaubt, Emma ist *meine* Freundin?«

»Nö, natürlich nicht!« Die Situation wurde immer peinlicher.

»Und wie sieht es bei dir aus? Hast du, du weißt schon, einen … Freund?«, fragte Ludwig nun.

»Nein, um Himmels willen, nie im Leben!«

Ludwig blickte sie irritiert an.

Mist, so hatte sie das doch gar nicht gemeint. Jetzt dachte er bestimmt, dass sie kein Interesse an Jungs hatte. Wieso war das alles so kompliziert? Sie schlug sich innerlich auf die Stirn.

»Hast du was im Auge?«, fragte Ludwig.

»Was? Wie?«

»Na, du guckst so komisch.«

Verena rieb sich schnell mit den Fingern über die Lider. »Vielleicht ist etwas Staub hineingekommen.« Er hob schon den Arm und beugte sich zu ihr hinüber. »Soll ich mal gucken?«

Überrascht zuckte Verena zurück und spürte im selben Moment, wie ihre Zähne zu wachsen begannen. *Bitte nicht jetzt!*, dachte sie panisch.

»Wahrscheinlich ist es schon wieder raus«, versuchte sie ihn abzuwehren. »Oh, schau mal da oben«, startete Verena ein Ablenkungsmanöver. »Ist das ein Adler?«

Ludwig legte den Kopf in den Nacken, mit einer Hand schirmte er seine Augen gegen die Helligkeit ab.

»Das ist eine Krähe.«

»Echt jetzt?«, meinte Verena. »So groß werden die?«

»Die ist nicht groß. Das ist eine ganz normale Krähe.«

Okay, anderes Thema, dachte Verena. Schnell wieder zurück auf sicheres Gebiet.

»Ich finde es toll, dass du genau wie ich Pferde magst«, sagte sie mit einem Lächeln.

»Eigentlich kann ich Pferde nicht leiden«, murmelte Ludwig.

Wie bitte?

Verena glaubte, sich verhört zu haben.

»Viel zu große Zähne, Hufe, die austreten. Störrische Biester.«

Meinte er das gerade ernst?

»Was hast du gesagt?«, fragte sie daher verunsichert und hoffte, dass er gleich zurückruderte.

»Pferde sind doof.«

Verena verschluckte sich fast an ihrer Zunge. Irgendwie war ihr plötzlich schwindlig. Sicherlich die Hitze.

»Aber … warum hast du dann eins?«, ächzte sie um Selbstbeherrschung bemüht.

»Meine Eltern wollen, dass ich reiten

lerne … Auf der Jagd befindet man sich oft in rauem Gelände, an Orten, die für Fahrzeuge nicht zugänglich sind, ein Pferd ist da bestimmt hilfreich, trotzdem …«

»Was denn für eine Jagd?« Verena verstand überhaupt nichts mehr.

Ludwig ging nicht darauf ein, sondern schritt munter aus, während sich in Verena die Gedanken überschlugen. Was war hier los? Ludwig ritt nicht gern, aber brauchte ein Pferd für irgendeine Jagd. Und was wurde da gejagt? Die Worte ihres Vaters fielen ihr ein.

In diesen Zeiten hatten sich die van Helsings der Monsterjagd verschrieben. Unbarmherzig jagten und hetzten sie unsere Vorfahren und brachten sie zur Strecke.

»Können wir kurz anhalten?«, fragte Verena.

»Geht es dir nicht gut? Du bist noch bleicher als sonst.«

»Die Hitze … diese …« Verena wedelte mit der Hand vor ihrem Gesicht herum. »Geht bestimmt gleich wieder.«

Ludwig zog Apollo vom Weg herunter und führte ihn unter einen alten Birnbaum, in dessen Schatten sich Verena zu Boden sinken ließ.

In ihrem Kopf tobte ein Sturm der Verwirrung.

Aus. Aus. Aus. Alles war aus.

Nicht nur dass Ludwig ihre Leidenschaft für Pferde nicht teilte, vielleicht hatte Ben recht, und er war sogar eine Bedrohung für sie. Nun ja, im Augenblick nicht, er war ja einen halben Kopf kleiner, aber irgendwann, wenn er größer war …

So weit durfte es niemals kommen. Ludwig war ein netter Junge. Vielleicht wollte er Jäger werden, aber das hieß noch lange nicht, dass er ein Monsterjäger war. So ein Quatsch! Ihre Eltern und Ben hatten sie richtiggehend durcheinandergebracht.

Doch Verena kam nicht dazu, weiter darüber nachzudenken, als Ludwig auf einmal sagte: »Na ja … und da ist noch eine andere Sache.«

Verena schaute ihn erschöpft an. Sie wollte gar nicht wissen, was als Nächstes kam.

»Ich … ich mag dich. Deswegen hab ich dir erzählt, dass ich Pferde leiden kann«, sagte er kleinlaut, ohne ihr in die Augen zu sehen.

»Hä?«, machte Verena nur. Sie verstand die Welt nicht mehr.

Ludwig hob nun seinen Kopf und blickte Verena erwartungsvoll an.

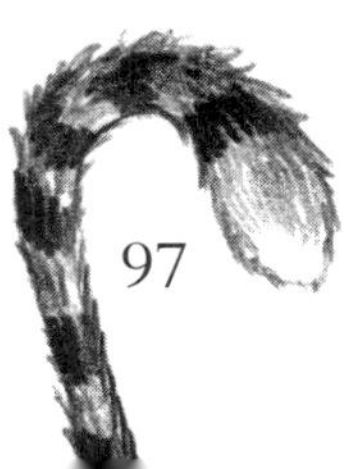

»Danke«, war alles, was Verena in dem Moment hervorbrachte.

»Ich meinte, ich mag dich *so richtig*!«, fügte Ludwig hinzu, um seinen Standpunkt zu untermauern.

Verena schloss die Augen, mit einem Mal war ihr das alles zu viel. Sie sprang auf und rannte zurück zum Reiterhof.

Immer noch seltsam, seltsam

Drei Tage vor Halloween

Es war Nacht geworden und die Sonne längst untergegangen. Ben kniete auf einem Stuhl am offenen Fenster und blickte auf die Straße hinaus, genauer gesagt zum Haus der van Helsings. Das Licht hatte er ausgeschaltet, denn zum einen sollte er längst schlafen, da morgen Schule war, und zum anderen wollte er nicht, dass die neuen Nachbarn mitbekamen, dass er sie beobachtete.

Die van Helsings waren merkwürdige Leute, sehr merkwürdig, aber die Leute, die sie besuchten, waren noch viel merkwürdiger. Ben hatte lange darüber nachgedacht, was er tun konnte, und einen Entschluss gefasst. Er würde der Sache auf den Grund gehen.

Auch heute herrschte wieder reges Treiben auf der Straße. Autos fuhren beim Nachbarn vor. Motoren knatterten. Autotüren wurden zugeschlagen, und jemand ging den schmalen Pfad zum Haus entlang, wo stets Renate van Helsing im Lichtschein stand und den Gast persönlich in Empfang nahm.

Der finstere Mann mit der Armeehose war als Erster gekommen, dann die alte Frau und der Dicke. Am Schluss, wie auch schon beim letzten Mal, der dünne Kerl auf dem Motorroller.

Auch diesmal trugen alle eigenartige Schachteln, Schüsseln oder Pakete ins Haus. Ben lief ein Schauer über den Rücken, als er versuchte, sich vorzustellen, was sich wohl in diesen Behältnissen befand.

Vielleicht abgeschnittene Finger. Oder getrocknete Kröten. Rattenschwänze. Ein Schrumpfkopf.

Obwohl, ein Schrumpfkopf wäre cool, wenn es kein echter wäre. Übermorgen war Halloween, wahrscheinlich schmiedeten sie Pläne, wie sie seine Familie doch noch auf die Party und in die Falle locken konnten. Da hatten sie die Rechnung allerdings ohne ihn, Verena und seine Eltern gemacht! Keinen einzigen Schritt würden sie auf das Nachbargrundstück setzen, sondern sich zu Hause verschanzen.

Der Wind klapperte in den Fensterläden, und Ben zuckte erschrocken zusammen. Er hatte das Gefühl, von unsichtbaren Augen beobachtet zu werden, obwohl er sich sicher war, dass ihn niemand von der Gegenseite aus in der Dunkelheit sehen konnte.

Aber wer wusste schon, ob Monsterjäger außergewöhnliche Fähigkeit hatten. So wie Superman. Vielleicht den Röntgenblick.

Er selbst fand ja Batman besser, der kämpfte nämlich mit futuristischen Waffen, die er selbst erfunden hatte.

Am liebsten war Ben allerdings *Star Trek*. Nein, nicht wegen Captain Kirk oder Spock. Er fand die Klingonen megacool. Besonders ihre Sprache Klingonisch, die sie selbst *tlhIngan Hol* nannten. Er konnte sogar schon ein paar Worte in dieser Sprache sprechen.

»juHwIjDaq pagh juHlIjDaq«, murmelte er leise vor sich hin, was so viel bedeutete wie: » Bei Dir oder bei mir?«

Was damit gemeint war, wusste er allerdings nicht.

Oder: »nugneH.« Guten Tag …

Was auch komisch war. Klingonen sagten eigentlich nie Guten Tag, sondern schossen immer sofort mit ihren Laserkanonen oder fuchtelten mit ihren riesigen gezackten Schwertern herum.

Plötzlich drang Gelächter aus dem Hause van Helsing herüber.

Schauriges Gelächter.

Vielleicht wurde gerade jemand gefoltert, und alle amüsierten sich darüber.

Bens Kehle wurde eng.

Ich muss wissen, was da los ist, dachte er.

Andererseits war da diese flüsternde Stimme, die in sein Ohr raunte: *Ben, du bist erst zwölf Jahre alt, und die Sache könnte gefährlich werden. Wir wissen nicht, was da vor sich geht!*

»Wer ist ›wir‹?«, fragte Ben stumm.

Du und ich.

»Und wer bist du?«

Der Angsthase in dir.

»Ich bin kein Angsthase.«

Bist du doch!

»Okay, ich werde es dir beweisen.«

Dir beweisen.

»Nein dir.«

Ich bin du. Eine innere Stimme, sonst nichts.

»Mir egal, ich gehe jetzt da rüber.«

Um was genau zu tun?

»Weiß nicht.«

Du bist nicht gerade vorbereitet.

Die Stimme zwischen seinen Ohren klang besorgt, aber wenn das sowieso er war, dann war das egal. Tatsache war: Alle waren besorgt.

»Auf so etwas kann man sich nicht vorbereiten. Helden bereiten sich nie vor, sondern handeln spontan.«

Du bist kein Held, sondern zwölf.

»Dann werde ich heute Nacht der jüngste Held aller Zeiten«, sagte Ben laut.

Stöhn.

»Ich gehe jetzt da rüber und finde heraus, was da los ist.«

Die Stimme schwieg. Mhmmm, da war er ganz schön vorlaut gewesen. Jetzt wo er noch mal darüber nachdachte, war die Sache nicht ganz ungefährlich. Wahrscheinlich sogar richtig gefährlich, und Ben wollte nicht als Schrumpfkopf enden.

Vielleicht wäre es keine schlechte Idee, mit Unterstützung rüberzugehen. Er könnte Verena wecken und sie fragen, ob sie schon etwas für die Nacht vorhatte. Nee, die würde ihm eine klatschen und sagen, dass sie weiterschlafen wolle.

Mit der war seit gestern nichts mehr anzufangen. Irgendetwas war auf dem Reiterhof passiert, und Ben

hatte den Verdacht, dass es nichts mit Pferden zu tun hatte. Schon eher mit Ludwig, dem kleinen Scheißer.

Aber Verena hatte nicht auf seine Frage, was mit ihr los war, geantwortet, sondern sich nur mit verheultem Gesicht an ihm vorbeigedrängt.

Tja, so war die Liebe – zumindest in seinen Comics. Hart und schmerzvoll. Für ihn war das nichts. Helden sollten nicht lieben und wenn schon, dann die ganze Welt oder die Menschheit.

Verena schied also aus, und seine Eltern brauchte er gar nicht erst zu fragen, die wären entsetzt von seinem Vorhaben und würden ihn einsperren.

Dieser Gedanke ließ eine weitere Überlegung aufkommen. Hatte Superman eine Mutter und konnte die ihm etwas verbieten?

Du drückst dich!

Da war sie wieder, die Stimme in seinem Kopf, die behauptete, er selbst zu sein, obwohl sie viel älter und irgendwie anders klang.

»Tu ich nicht.«

Oh doch, aber mir ist es so lieber. Bleib hier. Kuschle dich in deine Bettdecke. Morgen früh scheint wieder die Sonne, und alles ist gut.

»Nichts ist gut«, sagte Ben in die Dunkelheit hinaus. »Ich muss meine Familie beschützen. Sogar Verena, obwohl die dauernd nervt.«

Ben holte tief Luft. Kletterte auf den Fenstersims und sprang hinaus in den Garten vor dem Haus. Dem Himmel sei Dank lag sein Zimmer im Erdgeschoss, sonst wäre der Ausflug wahrscheinlich jetzt schon beendet.

Er landete wie eine Katze im feuchten Gras. Okay, nicht ganz, eher wie eine übergewichtige Katze, die vergessen hatte, dass sie eine Katze war und nun mit allen Pfoten umknickte. Ein bisschen so wie Schrödinger.

»Aua«, stöhnte Ben.

Sei leise, die ganze Straße kann dich hören.

»Das tut weh!«

Ich sage nur ›Superman‹.

»Halt die Klappe!«

Ben rappelte sich auf, stöhnte noch einmal, dann humpelte er über die Straße. Hier am Rand der Wohngegend gab es nur eine einzelne Straßenlaterne. Ben wich ihrem Schein aus und orientierte sich im Licht des bleichen Mondes.

Er schlich wie ein Panther durch die schwarze Nacht. Wie ein fußkranker Panther, der alle drei Meter stehen bleiben und durchschnaufen musste, weil ihm der Fuß so verdammt wehtat.

Dann hatte er es endlich geschafft. Vor ihm ragte der Gartenzaun des Nachbarhauses auf. Kurz rüberklettern …

PLUMPS!

»Aua!«

Leise! Bist du verrückt?

»Das tut weh.«

DAS hatten wir schon! Geh jetzt zum Haus, wirf einen Blick durchs Fenster, und dann lass uns zusehen, dass wir hier so schnell wie möglich wegkommen.

Ben schlich gebückt voran.

Er erreichte die Hauswand und presste sich dagegen. Das Fenster stand einen Spalt offen. Vorsichtig stellte sich Ben auf die Zehenspitzen, um irgendetwas von dem Gespräch mitzubekommen, das im Wohnzimmer geführt wurde. Warum mussten bei alten Häusern die Fenster immer so weit oben sein?

Er streckte sich und griff mit den Händen nach dem Fenstersims. Doch noch bevor Ben es zu fassen bekam, legte sich eine eiskalte Hand in seinen Nacken und eine andere auf seinen Mund.

Auf geheimer Mission

»Was machst du da?«, flüsterte eine vertraute Stimme hinter Ben.

Er wirbelte herum. Vor ihm stand Verena. Sie trug ihr langes weißes Nachthemd, das sich im Wind bauschte. Das schwarze Haar war offen, umwehte sanft ihr Gesicht. Sie sah aus wie ein Geist in der Dunkelheit.

»Bist du komplett durchgeknallt?«, zischte Ben. »Ich hätte fast einen Herzinfarkt bekommen.«

»Hätte ich dich rufen sollen, damit alle im Haus mitkriegen, dass du sie ausspionierst?«

»Ich spioniere nicht, ich informiere mich.«

»Aha, so nennst du es, wenn du bei anderen Leuten durchs Fenster glotzt.«

»Hier geht irgendwas vor sich, und es ist nichts Gutes.

Ich glaube, die schmieden gerade Pläne, wie sie uns am besten aus dem Weg räumen können!«

»Du meinst es komplett ernst, dass die uns umbringen wollen, oder?«, fragte Verena. Das bleiche Licht des Mondes fiel auf ihr Gesicht. »Lass uns zurückgehen, bevor Mama und Papa was bemerken.«

Ben ging in die Hocke und bedeutete seiner Schwester, es ihm nachzutun.

»Erst brauchen wir Beweise. Unsere Eltern werden uns dankbar dafür sein.«

»Bestimmt … Darf ich dich daran erinnern, dass du schön öfters Dinge behauptet hast, die sich später als totaler Quatsch herausgestellt haben?«

»Hey, hey, hey, was soll das gewesen sein?«

»Na, zum Beispiel das mit den Klingonen. Du hast behauptet, dass die in Bayern leben und bei jedem Oktoberfest ihre Festung unter dem Gipfel der Berge verlassen, um mitzufeiern.«

»Okay«, gab Ben zu. »Ich hab da so einen Bericht gesehen und …«

»Und was ist mit dem Yeti, dem du im Neustätter Wald begegnet bist? Das war Emile Randstein. Sechsundachtzig Jahre alt, nur vierzig Kilo schwer und gebückt gehend.

Wie man die mit einem drei Meter großen Bergaffenmensch verwechseln kann, ist mir ein Rätsel.«

»Sie hatte einen weißen Mantel an …«, versuchte Ben sich zu verteidigen.

»Trotzdem!«

» … und ging ziemlich schnell für ihr Alter.«

»Also!«

»Also was?«

»Und was machen wir jetzt?«

»Wir schleichen uns rein und suchen nach Beweisen.«

Allein bei dem Gedanken wurde Ben ganz mulmig. Was, wenn man sie erwischte? Würden die van Helsings sie gleich an Ort und Stelle töten oder erst in den Wald zu einem geheimen Platz verschleppen, der so geheim war, dass ihre Eltern drei Stunden lang durch die Gegend irrten, bevor sie ihn fanden?

»Da reinschleichen?«, ächzte Verena. »Hast du sie noch alle?«

»Was denn sonst?«

»Und was sollen das für Beweise sein, die du zu finden hoffst? Glaubst du, die haben einen schriftlichen Plan ausgearbeitet, auf dem in Großbuchstaben steht ›NACHBARN ERMORDEN‹?«

»Irgend so etwas in der Art. Warum sonst treffen sich diese Leute mitten in der Nacht und hecken etwas aus, wenn es KEINEN Plan gibt?«

Verena seufzte leise. »Das ist doch Wahnsinn.«

»Ja, aber wir müssen es tun.« Ben legte ihr die Hand auf die Schulter. »Ich weiß nicht, was wir da drin finden, aber wir müssen herauskriegen, ob diese Leute wirklich eine Bedrohung für uns sind, egal wie.«

»Okay, mal angenommen, wir finden einen Mordplan, was dann? Wir können ja kaum zur Polizei gehen und Anzeige erstatten. Du erinnerst dich, wir SIND NICHT GANZ NORMAL. Ein Wort der van Helsings, und sämtliche Kamerateams des Landes campen vor unserem Haus. Unser Geheimnis, unser normales Leben wäre vorbei.«

»Besser als tot.«

Verena ging nicht darauf ein. Irgendetwas zuckte in Bens Magen, es fühlte sich an wie eine Schlange, die den Ausgang suchte.

»Was ist?«, fragte Verena.

»Nichts. Komm, wir schleichen uns rein. Wir brauchen nur noch einen Eingang …«

Ben überlegte. Die Vordertür fiel weg, die war bestimmt verschlossen. Und die Fenster waren zu hoch. Außerdem würden sie viel zu viel Lärm veranstalten.

»Na gut«, stöhnte Verena. »Lass es uns durch ein Kellerfenster versuchen, die sind auf der Rückseite des Hauses.«

»Woher weißt du das?« Ben war überrascht, aber die Idee war gar nicht mal so schlecht. Warum war er nicht selbst darauf gekommen?

»Schrödinger ist mal in den Garten gelaufen, als noch niemand hier gewohnt hat. Ich habe ihn zurückgeholt.«

»Gelaufen? Der bewegt sich doch sonst nie.«

»Jedenfalls, da gibt es Kellerfenster, wenn wir Glück haben, sind die nicht verriegelt, und wir können einsteigen«, flüsterte Verena. »Ich mach das übrigens nur, um dir zu zeigen, dass Ludwig und seine Familie nicht gefährlich sind.«

Das war wie in den Abenteuerfilmen, die er so gerne sah. Da kletterten die Kinder auch immer durchs Kellerfenster. Meistens blieb einer darin stecken, und alle kicherten über seine Tollpatschigkeit.

Verena fasste nach seiner Hand und zog ihn mit sich.

Sie umrundeten das Haus und knieten

sich im Licht des Mondes vor zwei alte verstaubte Kellerfenster. Eines davon war gekippt.

»Da drin ist es bestimmt dunkel wie die Nacht«, meinte Ben.

In Verenas Hand blitzte kurz Lichtschein auf.

»Du hast eine Taschenlampe mitgebracht?«, staunte Ben. »Wow.«

»Klar, ich bin ja auch die Ältere und Klügere von uns beiden.«

Ben verdrehte nur die Augen. Es erstaunte ihn ein wenig, dass er die kleine Stablampe nicht schon zuvor in ihrer Hand entdeckt hatte, aber das war jetzt nicht wichtig.

»Du zuerst«, sagte er, fasste nach der Kette, die das Fenster in Position hielt, und hängte sie aus.

»Niemals«, sagte Verena. »Da sind bestimmt eine Million Spinnen. Du gehst zuerst und verscheuchst sie. Ich leuchte dir.«

Ben seufzte. Verena war zwar älter, er dafür mutiger.

Ben schob sich langsam vorwärts. Zuerst die Arme, dann folgten der Kopf und die Schultern …

… dann

… dann

… dann nichts mehr. Er steckte fest.

Etwas Staub und eine alte Bratpfanne

»Hör auf zu kichern«, schimpfte Ben leise. »Hilf mir lieber mal.«

»Was soll ich tun?«

»Mir die Hose runterziehen und den Popo grau anmalen, damit alle glauben, ich wäre ein Teil des Hauses! Echt jetzt, was ist denn das für eine blöde Frage? Ich stecke fest. Also schieb mal kräftig.«

Verena legte mit einem Seufzen ihre Hände auf Bens Hintern und schob.

»Kräftiger«, zischte Ben. »Aber nicht zu fest, sonst …«

Plötzlich war er durch. Es gab einen dumpfen Schlag, als er auf dem Boden auftraf.

»… falle ich runter«, vollendete er den Satz.

»Hast du dir wehgetan?«, rief Verena leise.

Ben stöhnte und fasste nach seinem Kopf, der das meiste abbekommen hatte. Zu seinem Glück war er ein Werwolf und hatte stärkere Knochen als normale Menschen, und bis auf die riesige Beule, die gerade unter seinen Fingern auf der Mitte seiner Stirn entstand, war ihm nichts geschehen.

Der Lichtschein der Taschenlampe fiel auf sein Gesicht. Geblendet schloss Ben die Augen.

»Du siehst aus wie ein Einhorn«, kiekste Verena. »Oh, wie süß.«

»Kannst du das lassen?«

»In allen Regenbogenfarben. Das wird ein Kunstwerk. Und riesig.«

Ben klopfte sich den Staub von den Klamotten. Dann schaute er sich um. Verena kletterte mühelos durch das Fenster und landete elegant auf den Füßen.

»Tada!«, sagte sie und machte eine Verbeugung wie im Kunstturnen.

»Gib mir mal die Lampe«, knurrte Ben. Verena reichte sie ihm, und er begann, die Regale abzuleuchten.

Viel alter Kram, Kisten und Kartons, die da wahrscheinlich schon seit Jahrhunderten standen. Es roch muffig. Die Luft war staubgefüllt und trocken. Er hustete leise, dann ging er zu einem der Regale hinüber und griff nach einer schweren gusseisernen Pfanne.

»Was willst du denn damit?«, fragte seine Schwester.

Ben wog das unförmige Ding in der Hand. »Schwesterchen, wir sind in dem Haus von Monsterjägern, glaubst du, ich will unbewaffnet sein?«

»Das ist eine Bratpfanne«, lästerte Verena. »Keine Waffe.«

»In meiner Hand schon«, sagte Ben. Zum Beweis schwang er mit der Pfanne durch die Luft …

… und wirbelte noch mehr Staub auf. Beide mussten niesen. Sie erstarrten. Das fing ja gut an! Wenn sie jetzt schon jemand gehört hatte …

Angestrengt lauschten sie nach oben. Keine Geräusche. Glück gehabt.

»H-Ö-R A-U-F D-A-M-I-T!«

Ben hasste es, wenn seine Schwester so mit ihm sprach, aber er sagte nichts. Irgendwie hatte sie ja recht.

»Gehen wir hoch?«, fragte er.

»Ja, aber leise.«

Es waren nur wenige Steinstufen, dann standen sie vor einer Tür. Ben legte die Hand auf die Klinke und drückte sie vorsichtig herab.

Ein jämmerliches, quietschendes Geräusch erklang,

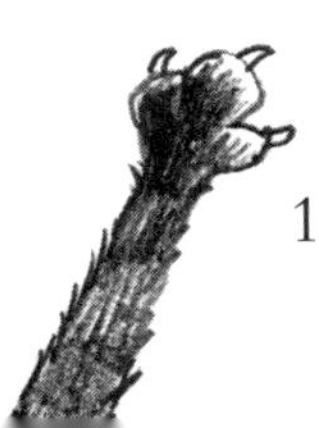

aber dem Himmel sei Dank war es nicht allzu laut. Ben und Verena rührten sich nicht. Alles blieb still. Nur leises Stimmgemurmel drang durch den offenen Spalt der Tür. Licht fiel hindurch. Ben schaltete die Taschenlampe aus. Es machte ›Klick‹ und wurde dunkel.

Ben spähte durch den Türspalt. Vor ihm lag ein langer dunkler Flur mit zahlreichen Gemälden an der Wand. Porträts von alten Männern mit Bärten in seltsamer Jagdkleidung. Alle sahen wie Otto van Helsing aus. Nur mal dünner oder dicker, größer, kleiner, älter oder jünger. Trotzdem konnte man meinen, es wäre immer die gleiche Person. Ein Gemälde war sogar besonders groß und reichte fast vom Boden bis zur Decke. Neben dem Mann war eine Katze abgebildet, die Schrödinger verdammt ähnlich sah.

Kerzen brannten in goldenen Haltern. Es roch nach Bienenwachs und – Ben schnupperte – Tee!

Erstaunt wandte er sich an Verena.

»Was ist?«, zischte die.

»Es riecht nach Tee.«

»Und?«

»Finde ich merkwürdig.«

»Warum das denn?«, stöhnte Verena.

»Ich hätte schwören können, dass die Blut oder Wein trinken. Oder alten rumänischen Schnaps aus den Karpaten, der vor dreihundert Jahren aus der Wurzel des Geisterbaumes gebrannt wurde.«

»Halt die Klappe! Willst du, dass man uns entdeckt?«

Nö, wollte er nicht.

Ben schob die Tür auf, huschte hindurch und ging hinter der Kommode in Stellung. Dann winkte er seiner Schwester, die wie ein Wiesel angeflitzt kam. Ihr Nachthemd bauschte sich im Luftzug, ließ ihren verzerrten Schatten an der Wand wie den Umriss eines Monsters wirken. Ben schluckte. Ihm wurde bewusst, dass sie sich auf dünnes Eis begeben hatten. Die Menschen, deren Stimmen er jetzt besser hören konnte, wollten ihm und seiner Familie Böses, vielleicht sogar den Tod bringen, davon war er mehr und mehr überzeugt. Aber genau deswegen waren er und Verena hier eingebrochen, um eben das zu verhindern. Wenn er diese Nacht überlebte, war er ein Held.

Für immer.

Obwohl niemand davon wissen durfte. Seine Eltern schon gar nicht.

Als Ben und Verena weiterschlichen, schwirrten ihre Köpfe hin und her, dann blieben sie plötzlich an einer offenen Tür hängen. Dahinter erstreckte sich ein Raum, an dessen Dunkelheit sich seine Augen erst gewöhnen mussten. Als die Konturen immer schärfer wurden, wichen er und seine Schwester einen Schritt zurück und vergaßen für einen Moment zu atmen.

Da hingen sie.

Waffen jedweder Art.

Schwerter, Hellebarden, Armbrüste, Pfeile und Bögen, dazu jede Menge verzierte Dolche und Gewehre und Pistolen in alle Ausführungen, von antik bis heute. Mindestens einhundert Mordinstrumente befanden sich in Reih und Glied an den Wänden. Es roch nach Metall und Waffenöl.

Zögerlich betrat Ben den Raum und schaute sich um.

»Ist das eine … Waffenkammer?«

»Wohl eher ein Waffenmuseum, wenn du mich fragst«, antwortete seine Schwester ungläubig.

Ben griff nach einer kleinen, mit Schnitzereien verzierten Holzschatulle und öffnete sie. Darin lagen sechs silberne Patronen auf dunkelroter Seide. Er brauchte die Kugeln nur anzusehen, und schon bekam er Schluckauf.

Es klang wie ein lautes Rülpsen.

Dann noch mal.

Bens Silberallergie machte sich bemerkbar.

»Sind das Beweise genug?«, fragte er angespannt und schaute seine Schwester ernst an. »Lass uns sofort von hier verschwinden, bevor uns jemand erwischt.«

»Ja, lass uns bloß schnell abhauen!«

Plötzlich erklang eine Stimme in Bens Rücken.

»Bist du das, Verena?«

Schrecken in der Nacht

Verena wirbelte herum und blickte erschrocken einem Jungen ins Gesicht.

Ludwig!

Verschlafen stand er im Pyjama da und rieb sich die Augen. Verena erschrak bis ins Mark. Sie spürte, wie ihre Eckzähne lang wurden. Oh nein, das durfte jetzt auf keinen Fall passieren.

»Was ist das da an …«, murmelte Ludwig und riss auf einmal voller Schreck die Augen weit auf. »Ich glaub, ich träume … sind das etwa Vamp –«

Dann machte es auf einmal ›Plong‹.

Ein dumpfes Geräusch, das Verena durch alle Glieder fuhr. Ludwig sackte bewusstlos zu Boden.

Verena spürte, wie ihr die Kinnlade herabfiel. Völlig

fassungslos starrte sie Ben an, der mit der Bratpfanne in der Hand dastand, als wüsste er selbst nicht, was er eben getan hatte.

»Bist du verrückt? Du hast ihn umgebracht!«

»Sorry, das war wie ein Reflex!«, sagte er schulterzuckend.

Verena lauschte. Sie wagte kaum zu atmen. Alles okay, im Esszimmer nebenan gingen die Gespräche unvermindert weiter. Wieder lachte jemand laut.

Sie bückte sich neben Ludwig.

»Bitte nicht küssen«, sagte Ben. »Und keine Mund-zu-Mund-Beatmung.«

Verena hätte ihrem Bruder am liebsten eine gescheuert. Ihr Klassenkamerad lag da wie eine achtlos weggeworfene Puppe, niedergestreckt von einer gusseisernen Bratpfanne.

Seine Brust hob und senkte sich in regelmäßigen Atemzügen. Gott sei Dank, er lebte noch.

»Was machen wir jetzt?«, zischte sie.

»Lass uns abhauen.«

»Wir können ihn nicht einfach hier liegen lassen. Vielleicht hat er innere Verletzungen.«

»Von was denn? Dem kleinen Schlag? Das gibt bes-

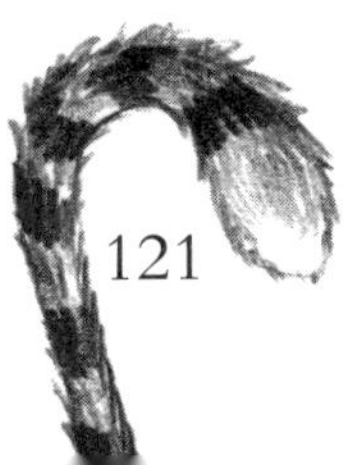

tenfalls eine Beule wie bei mir«, versuchte er sie zum Gehen zu bewegen. Aber ganz sicher schien er sich nicht zu sein.

»Er hat uns gesehen«, beharrte sie.

Ben zögerte kurz, dann sagte er: »Okay, wir tragen ihn hoch in sein Zimmer und legen ihn vor sein Bett.«

»Wieso denn *vor* sein Bett? Bist du blöde?«

»Nicht so laut.« Ben legte warnend seinen Zeigefinger über die Lippen. »Wenn er aufwacht oder man ihn findet, wird er denken, dass er aus dem Bett gefallen und bewusstlos geworden ist.«

»Aber er hat mich gesehen! Mich und meine Vampirzähne!!!«

»Ludwig wird glauben, er habe alles nur geträumt. Und jetzt nimm seine Füße.«

Ludwig der Lauch war schwerer, als er aussah. Es kostete Ben alle Kraft, ihn zusammen mit Verena in den ersten Stock zu schleppen, zumal sie ja ganz leise sein mussten.

Oben angekommen legten sie ihn auf den Teppich vor das Bett. Dann standen beide stumm da und sahen im Schein einer Nachttischlampe auf ihr Opfer herab.

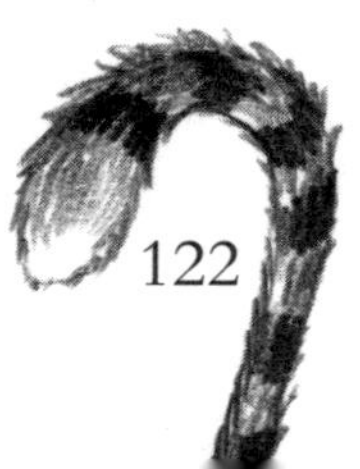

»Sind das kleine Mäuse auf seinem Schlafanzug?«, fragte Ben.

»Sieht so aus«, meinte Verena. Sie beugte sich herab. »Tatsächlich.«

»Wer trägt denn so was?«

»Ludwig.«

»Hmm, für einen zukünftigen Monsterjäger ist das ziemlich schwach.«

Verena nickte. »Vielleicht ist das alles ja nur ein riesengroßes Missverständnis, und sie sind doch ganz normale Leute?«

»Genau, mit einem ganzen Waffenarsenal im Haus«, sagte Ben und zog sie mit sich.

Diesmal nahmen sie nicht den Weg durch den Keller, sondern flitzten leise zur Haustür hinaus. Sie huschten über die Straße. Verena lief vor ihrem Bruder, der über ihr wehendes Nachthemd grinsen musste. Schade, dass er kein Foto machen und den Anblick für die Ewigkeit festhalten konnte. Mit Bildmaterial wie diesem hätte er noch jahrelang seinen Spaß gehabt und seine Schwester ärgern können.

Zu Hause angekommen schlichen beide in Bens Zimmer, da es den besten Ausblick auf das gegenüberliegende

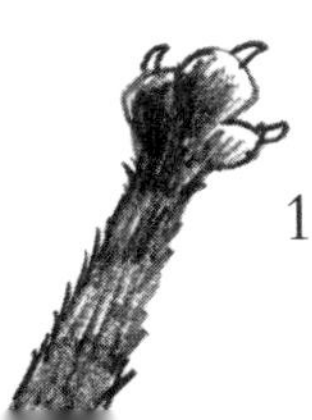

Haus bot. Sie ließen das Licht aus und starrten hinüber. Was würde geschehen?

Verena keuchte neben ihm. »Meinst du, sie haben ihn schon gefunden?«

»Sieht nicht so aus«, antwortete Ben. »Alles wirkt normal.«

»Was, wenn sie es tun? Was, wenn Ludwig sich an alles erinnert? Abgefeilt oder nicht, meine Vampirzähne konnte er nicht übersehen. Die Polizei wird sicher gleich bei uns klingeln!«

»Jetzt bleib mal cool. Wir sind Kinder und haben den Nachbarn einen Streich gespielt. Was können wir dafür, wenn Ludwig in eine Pfanne fällt?«

»Die du wie einen Baseballschläger geschwungen hast.«

»Wohl wahr.« Innerlich lächelte Ben. Das war ein wundervoller Schlag gewesen. Sicherlich ein Homerun, aber ob das die Polizei auch so sah, war fraglich. Vielleicht hatten es die nicht so mit amerikanischen Sportarten.

»Guck mal«, zischte Verena aufgeregt. »Das Licht in Ludwigs Zimmer ist angegangen.«

Tatsächlich! Da die Vorhänge nicht zugezogen waren,

konnte man ganz deutlich Ludwig und seine Mutter sehen. Der Nachbarsjunge stand steif da und hielt sich den Kopf. Er wirkte ziemlich verwirrt. Was ja auch kein Wunder war …

Dann erschien der Vater auf der hell erleuchteten Bühne, beugte sich zu seinem Sprössling herab und streifte mit den Fingern durch sein Haar. Es sah aus wie bei den Affen im Zoo, wenn sie sich lausten.

Otto van Helsing richtete sich wieder auf, langsam drehte er den Kopf in Richtung Straße …

… und starrte herüber.

Ben und Verena duckten sich schnell, obwohl Ben sicher war, dass der Nachbar sie im dunklen Zimmer nicht sehen konnte.

»Meinst du, Ludwig hat ihm was erzählt?«, flüsterte Verena. Sie schien den Tränen nahe. Ben fasste nach ihrer Hand und drückte sie. »Das werden wir gleich erfahren. Entweder klingelt es an der Tür und die van Helsings verlangen eine Erklärung für alles, oder die Polizei rückt an und verhaftet uns.«

»Ehrlich?«

Ben sah im Halbdunkel ihre weit aufgerissenen Augen. Wie vorhin fuhren ihre Eckzähne hervor und machten

deutlich, dass sie kein normaler Mensch, sondern eine Vampirin war.

»Die solltest du lieber drin lassen«, sagte Ben.

»Oh«, machte Verena. Die Zähne verschwanden wieder.

Fünf Minuten kauerten sie nur da, wagten kaum, sich zu rühren, und sprachen kein Wort. Dann klapperte draußen eine Autotür.

Ben schob sich langsam hoch und spähte aus dem Fenster.

»Was ist?«, fragte seine Schwester

»Ich glaube, sie fahren Lulu ins Krankenhaus.«

»Du sollst ihn nicht so nennen«, zischte Verena.

»Okay, also der Lauch …«

Sie kniff ihn in die Seite. »So auch nicht!«

Noch mehr Autotüren wurden auf- und zugeschlagen. Jemand ließ den Motorroller an.

»Ich glaube, die wollen alle mit«, sagte Ben leise.

»Kannst du Ludwig sehen? Was macht er für einen Eindruck?«

»Bei Holländern … aua … er sieht gut aus. Vielleicht ein wenig wacklig auf den Beinen, aber keinesfalls schwer verletzt. Er geht aufrecht und sogar ohne Muttis Hand. Aua! Kannst du das lassen?«

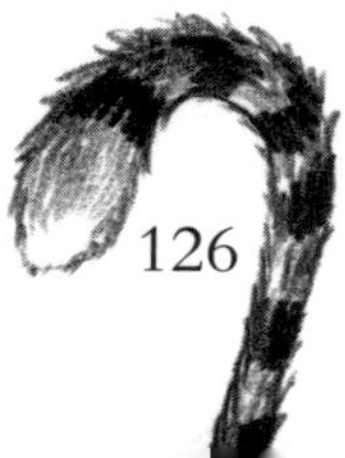

»Red nicht so!«

»Wie denn dann? Wir hatten doch keine Wahl. Ich musste ihn ausknocken oder man hätte uns entdeckt.«

»Dir ist schon klar, was wir da getan haben, oder?«, schnaubte Verena. »Wir sind in das Haus unserer Nachbarn eingebrochen, haben da drin herumgeschnüffelt, und dann hast du ihren Sohn niedergeknüppelt ... und das alles, weil du so eine blühende Fantasie hast!«

»WAS?«

»Du hast richtig gehört. Du mit deinem Gequatsche von Monsterjägern, die uns töten wollen. Wenn Ludwig sich an den Vorfall erinnert, sind wir so was von geliefert. Was Mama und Papa dazu sagen, will ich mir lieber gar nicht erst vorstellen. Vielleicht stecken sie uns in ein Internat oder schicken uns ins Heim für schwererziehbare Jugendliche. Ludwig hätte sterben können!«

»Jetzt mach mal halblang. So schlimm war es auch nicht. Ich kann noch viel fester zuschlagen. Wenn ich gewollt hätte ...«

»Ach, du bist auch noch stolz drauf. Idiot! Ich gehe jetzt ins Bett. Weck mich, wenn die Polizei kommt und du verhaftet wirst. Oder besser, weck mich nicht. Ich lese es morgen in der Zeitung.«

Mit diesen Worten verließ sie das Zimmer. Ben war sich sicher, sie hätte die Tür zugeschlagen, wenn es möglich gewesen wäre. So wütend hatte er seine Schwester noch nie erlebt.

Draußen wurden die Motoren gestartet. Dann fuhren alle davon. Einsam und still blieb die Straße zurück. Eine einzelne Straßenlaterne warf ihr Licht auf den Asphalt. Der Mond leuchtete am sternenklaren Himmel.

In ein paar Tagen war Halloween.

Heute Nacht würde Ben sicherlich kein Auge zumachen.

Kopfschmerzen

Wo bleibt er nur? Hoffentlich kommt er, dann weiß ich, alles war nicht so schlimm.

Verena stand vor der Schule und blickte die Straße entlang. Sie hielt nach Ludwig Ausschau. Hoffte, dass er zum Unterricht kam.

Die ganze Nacht war sie wach gelegen, hatte sich die schlimmsten Dinge ausgemalt. Ludwig mit Krücken. Ludwig schmerzgeplagt im Bett. Ludwig im Ganzkörpergipsverband. Regelrechte Horrorbilder strömten auf sie ein.

Während sie sich verrückt vor Sorge machte, blieb Ben cool.

Wie sonst auch hatte er sein Frühstück in atemberaubendem Tempo heruntergeschlungen und getan, als wäre nichts. Zum Glück war ihren Eltern nichts aufgefallen.

Ihre Mutter hatte sich lediglich über ihren Vater beschwert und gesagt: »Kannst du nicht schnarchen wie alle anderen Männer auch? Sogar das klingt nach Gejaule!«

Die Antwort ihres Vaters war kurz und verärgert gewesen: »Nein! Ja!«

Nach diesem wenig erfreulichen Frühstück waren sie und Ben zur Schule gegangen. Verena hatte nicht gewusst, was sie sagen sollte, denn sie war sauer auf ihren Bruder, und der hatte klugerweise seine vorlaute Klappe gehalten. Nun war Ben schon in seinem Klassenzimmer, während sie immer noch darauf hoffte, dass Ludwig auftauchte.

Verdammt, wo blieb er denn?

Während sie dastand und nach ihm Ausschau hielt, quälte sie aber auch die Frage, was er letzte Nacht gesehen hatte und an was er sich erinnern konnte. Alles war so schnell gegangen.

Ludwig, der plötzlich wie aus dem Nichts auftauchte und verschlafen vor ihr stand. Ben, der ihn mit der Bratpfanne niederstreckte. Das alles war innerhalb weniger Sekunden geschehen, und sie konnte einfach nicht abschätzen, was von all dem bei Ludwig hängen geblieben war.

Wenn er sich daran erinnerte, dass Ben und sie im Haus gewesen waren – und er ihre ausgefahrenen Eckzähne bemerkt hatte –, dann war alles aus.

Plötzlich entdeckte Verena einen dunklen Haarschopf. Ihr Herz schlug schneller. Aber er war es nicht.

Das Klingelzeichen ertönte. Der Unterricht begann.

Betrübt ging sie hinein.

Als Verena nach Hause kam, setzte sie sich schlecht gelaunt an den Küchentisch, an dem das Essen schon bereitstand.

»Ist in der Schule etwas vorgefallen? Du siehst noch blasser aus als sonst«, sagte ihre Mutter.

Auf gar keinen Fall durften ihre Eltern herausfinden, dass sie sich um Ludwig Sorgen machte.

»Ähm, nein, alles in Ordnung … Sarah hat nur keine Zeit, mit mir zu Moritz zu gehen«, flunkerte sie.

»Mein Tag war auch nicht der beste, ich habe rasende Kopfschmerzen, und mir tut der ganze Rücken weh. Ich brauche unbedingt einen neuen Sarg. In letzter Zeit schlafe ich schlecht.« Nachdenklich blickte sie aus dem Fenster und schaute dann seufzend zu ihrem Ehemann. »Werner, könntest du nicht bei einem Bestattungsinsti-

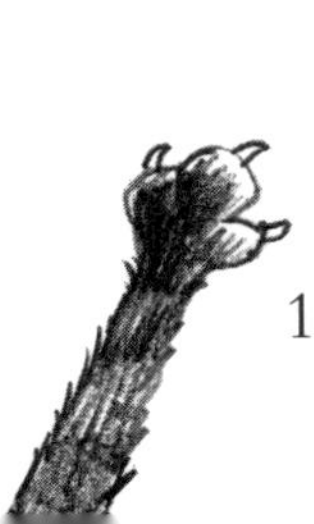

tut vorbeifahren und einen neuen Sarg für mich besorgen?«

Werner sah sie eindringlich an. »Das ist nicht so einfach, wie du weißt. Einen Sarg zu bestellen, ohne dass jemand beerdigt werden muss ... Schon beim letzten Mal hat mich der Bestatter merkwürdig angesehen. Ich konnte mich geradeso damit herausreden, dass ich beim Film arbeite und wir den Sarg als Requisite benötigen.«

»Und wenn wir ihn im Internet bestellen?«, fragte Lydia.

»Bist du verrückt? Stell dir die Gesichter der Nachbarn vor, wenn der Paketmann vorfährt und einen Sarg auslädt. Vor allem jetzt, da die van Helsings nebenan wohnen!« Er gab seiner Frau einen Kuss auf die Stirn. »Da wir gerade über Schlafen sprechen, meine Hundedecke ist ein wenig ausgefranst. Kannst du ...?«

»Schon wieder nähen?«, fragte Lydia vorwurfsvoll.

»Warum kaufen wir nicht einfach eine neue?«

»Die hat meinem Ururururgroßvater gehört, er war der letzte Werwolf, der von einem van Helsing gejagt und ... und du weißt schon ... wurde.«

»Und deswegen liegt dieses miefige Ding im Schlafzimmer«, brummte Lydia. »Die alten Zeiten sind vorbei.

Vielleicht wäre es so weit, sich von dem alten Teil zu trennen.«

Verenas Vater warf den Kopf in den Nacken. »Oh nein!« Es klang wie ein Jaulen. »Diese Decke ist mehr als ein sentimentales Erbstück, sie ist die Verbindung zu meinem wölfischen Erbe.« Er grinste. »Und außerdem ist sie bequem.«

Lydia stöhnte. »Na gut, wenn dir so viel daran liegt, aber zuvor wird das Ding gewaschen.«

Werner gab ihr noch einen Kuss. »Du bist die Beste.«

Verena verdrehte die Augen.

»Ach übrigens, der Sohn der van Helsings ist für ein paar Tage im Krankenhaus«, sagte Werner.

»Krankenhaus? Für ein paar Tage?« Verena war schockiert. Es war also doch schlimmer als gedacht.

»Gibt's hier ein Echo? Habe ich doch gerade gesagt. Er ist anscheinend letzte Nacht aus dem Bett gefallen und hat sich den Kopf gestoßen. Nun hat er eine Gehirnerschütterung.«

Neben ihr schnaubte ihr Bruder laut auf. Anscheinend war er doch nicht so cool, wie er tat, und hatte sich ebenfalls Sorgen gemacht, dass die Polizei oder ein schwer bewaffneter Otto van Helsing hier auftauchten.

»Ähm … und woher weißt du das?«, fragte Verena vorsichtig.

»Renate war heute Morgen da, als ihr in der Schule wart. Sie hat mir alles erzählt.« Ihre Mutter legte die Stirn in Falten. »War ganz aus dem Häuschen, die Liebe. Offensichtlich hat Ludwig fantasiert. Hatte was mit euch zu tun, aber ich habe gar nicht richtig zugehört, sondern sie gleich wieder abgewimmelt.« Lydia seufzte. »Keinesfalls wollte ich, dass Renate erneut das Haus betritt, um bei uns herumzuschnüffeln.«

Verena hielt die Luft an. Fantasterei? Das hörte sich gar nicht gut an …

»Wann kommt er denn wieder heim?«

»Oh, der wird schon noch ein, zwei Tage im Krankenhaus bleiben müssen. Renate hat gesagt, die Ärzte haben ihm strenge Bettruhe verordnet.«

Zwei Tage der Ungewissheit, so lange konnte sie auf gar keinen Fall warten! Verena überlegte. Es war jetzt drei Uhr nachmittags. Wenn sie den Bus nahm, konnte sie zum Krankenhaus fahren und wäre rechtzeitig zum Abendessen zurück. Sie musste sich unbedingt selbst davon überzeugen, dass Ludwig auf dem Weg der Besserung war – und an was er sich von letzter Nacht erinnerte.

Natürlich heimlich!

»Mama?«

»Ja?«

»Ist es okay, wenn ich nachher noch zu Sarah gehe? Wir wollen lernen.«

Ihre Mutter sah sie an. »Freut mich, dass du so fleißig bist. Lernen ist immer gut, aber bitte sei zum Abendessen zurück.«

»Geht klar.«

Verena war vor fünf Minuten zum Bus gegangen, und Ben beschloss, noch ein wenig mit dem Ball gegen das Garagentor zu böllern.

Ludwig der Lauch war also für mehrere Tage im Krankenhaus. Solange er sich an nichts erinnern konnte, war alles in Ordnung.

Ben stand im Flur und suchte nach seinem Fußball. Er war sich sicher, ihn hier abgelegt zu haben. Allerdings konnte das auch in der Garage, im Keller, in seinem Zimmer oder im Garten gewesen sein.

Schrödinger schlich an seinen Füßen vorbei. Offensichtlich war er auf dem Weg in die Küche, so ganz sicher konnte man da allerdings nie sein, da er sich mit

der Geschwindigkeit einer tibetanischen Bergschnecke bewegte.

Vielleicht stammte er aber auch aus einem Paralleluniversum und war so schnell, dass es das menschliche Auge nicht mehr wahrnehmen konnte. Also hin und her und her und hin wie Flash, einem Comichelden, von dem er mal einen Film gesehen hatte.

Er betrachtete Schrödinger näher und kam zu dem Urteil: eher nicht!

»Na, alter Junge«, sagte Ben zu ihm. »Flitzt du mal wieder durch die Wohnung? Katzenhalbmarathon, einmal Kühlschrank und zurück?«

Schrödinger würdigte ihn keines Blickes, sondern schlurfte langsam weiter in Richtung Küche.

Vielleicht ist er auch ein Katzengott, der bei seiner Wiedergeburt einfach Pech hatte, in Schrödinger zu landen?

Dieser neue Gedanke wurde durch seine Mutter unterbrochen, die ihn aus seinem Zimmer rief.

»Ben?«

»Ja.«

»Komm mal her.«

Oh, das klang nicht gut. Ärger lag in der Luft, dass konnte er an ihrer Stimme hören.

»Ich wollte gerade raus, kicken gehen. Muss …«

»SOFORT!«

Ups!

Ben schlich zu seinem Zimmer. Mittendrin stand seine Mutter. In einer Hand seine Schmutzwäsche, in der anderen Hand …

… eine gusseiserne Bratpfanne.

Ben blieb das Herz stehen. Die hatte er ganz vergessen! Seine Beule begann sofort zu pochen. Gut, dass seine Haare sie perfekt tarnten. Letzte Nacht, als sie durch die Vordertür aus dem Haus der van Helsings geflohen waren, hatte er die Pfanne in all der Aufregung noch in der Hand gehalten, denn er konnte sie ja schlecht im Flur oder in Ludwigs Zimmer zurücklassen.

Und nun stand seine Mutter mit dem Ding vor ihm.

»Was ist das?«, fragte sie streng.

»Ein Mondmobil?«, versuchte Ben einen Scherz und scheiterte kläglich.

Ein Blick aus Feueraugen traf und zerschmolz ihn.

»Ich will wissen, wie *das* in dein Zimmer kommt!«

Sie fuchtelte mit der Pfanne vor seinen Augen herum.

»Äh … keine Ahnung. Ich hab das Ding noch nie gesehen.«

»Soso.«

»Mal ehrlich, Mama, was soll ich mit einer Pfanne?«

Dieses Argument schien sie zum Nachdenken zu bringen. Ben setzte nach. »Vielleicht hat Schrödinger sie im Keller gefunden und …«

»Die Pfanne wiegt zwei Kilo. Viel zu schwer für den Kater, und außerdem schafft es Schrödinger nicht in den Keller und schon gar nicht zurück. Die Treppe ist viel zu steil für ihn.«

»Ja, dann«, meinte Ben lang gezogen, »weiß ich auch nicht.«

Seine Mutter legte ihre Stirn in Falten. »Irgendetwas ist in diesem Haus los, und ich werde herausfinden, was es ist. Erst ist Verena so komisch und jetzt diese Pfanne.«

»Kann ich kicken gehen?« Ben lächelte zaghaft. Und zwar so sanft, wie es seine Mutter an ihm liebte. Der kleine unschuldige Junge, der doch nur spielen wollte. Leider zog die Sache heute nicht.

»Nein, du räumst dein Zimmer auf! Vielleicht kommen ja noch mehr seltsame Gegenstände ans Tageslicht. Und vielleicht erzählen die mir eine Geschichte.«

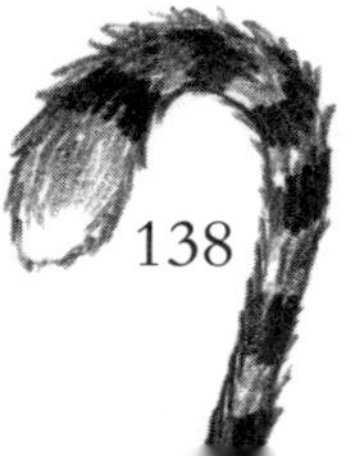

Kopfschmerzen, die Zweite

Verena stand vor dem Eingang des Krankenhauses. Sie hatte wacklige Knie und überlegte, ob sie nicht lieber umkehren und nach Hause fahren sollte.

Was, wenn Ludwig noch wusste, was letzte Nacht geschehen war? Wenn er sie fragte, warum sie in seinem Haus herumgeschlichen war, und natürlich warum ihr Bruder ihn ausgeknockt hatte?

Sie seufzte. »Ich muss es tun«, sagte sie leise zu sich selbst. »Ich muss da jetzt rein und herausfinden, ob meine Familie in Gefahr schwebt.«

Verena machte einen Schritt nach vorn, und die beiden Glastüren fuhren geräuschlos auseinander. Tapfer ging sie zur Information. Hinter dem Holztresen saß eine dicke Frau mit hochtoupierten grauen Haaren, die wie

ein Vogelnest aussahen. Auf ihrer Nase hockte eine schwarze Hornbrille, die mühelos auch zum Tauchen verwendet werden konnte.

»Ja?«, fragte die Frau, die sich zu ihr vorbeugte.

»Ich möchte jemanden besuchen«, sagte Verena leise.

»Hat dieser Jemand auch einen Namen? Und bitte sprich lauter, mein Kind, ich bin nicht mehr die Jüngste.«

»Ludwig van Helsing.«

»Aha.«

Verena sah sie neugierig an.

»Du bist nicht die Erste, die ihn heute besucht. Da waren schon eine Menge schräger Leute da.«

Verena fuhr erschrocken zusammen. Sie wollte auf keinem Fall einem dieser komischen Gäste der van Helsings begegnen, genauso wenig wie Ludwigs Eltern.

Sie musste vorsichtig sein.

»Einer von denen hat seinen Motorroller vor dem Eingang abgestellt. So ein dürrer Kerl. Das geht natürlich nicht«, fügte die Frau an der Rezeption kopfschüttelnd hinzu.

»Ähm, auf welchem Zimmer liegt Ludwig denn?«

»Ist das dein Freund?« Die Frau kicherte. »Du bist noch ziemlich jung für einen Freund.«

Verena spürte, dass sie errötete. Ihr wurde ganz heiß. »Äh … nein, er ist in meiner Klasse. Ich bringe ihm nur die Hausaufgaben.«

Die Frau beugte sich weiter vor und beäugte sie durch ihre dicken Brillengläser, die Verena wie Lupen vorkamen. »Wo hast du die denn? Ich sehe nichts.«

Mist!

»In … in meinem Kopf. Ich weiß das alles auswendig. Bin ziemlich gut in Mathe.«

Ein misstrauischer Blick traf sie, aber die Frau ging nicht weiter auf die Sache ein.

»Zimmer zweihundertzwölf. Erster Stock.«

»Danke schön.«

Froh, der Frau entkommen zu sein, trottete Verena zur breiten Treppe hinüber, die nach oben führte. Sie folgte einem langen Flur, passierte dabei ein Schwesternzimmer und stand schließlich vor der Tür des Krankenzimmers.

Was, wenn er Besuch hat? Oder Ludwig tatsächlich meine Vampirzähne gesehen hat?

Die ehrliche Antwort war: Sie hatte keine Ahnung, was sie dann tun sollte. Verena schluckte schwer. Ihr Magen fühlte sich an, als fahre ein bösartiger Zwerg auf Rollerblades darin herum.

Geh jetzt da rein, sagte die Stimme der Vernunft in ihr. *Wenn die Tür aufgeht und du hier dumm rumstehst, wird's peinlich.*

Verena legte ihre Hand auf die Klinke, holte tief Luft und öffnete die Tür.

Das Zimmer war hell, sonnendurchflutet, nur ein Bett stand darin. Auf Rollen, wie im Fernsehen. Ludwig lag darauf und blickte ihr entgegen. Um seinen Kopf war ein Verband gewickelt, der ihn ein wenig wie eine ägyptische Mumie aussehen ließ. Als er Verena erkannte, richtete er sich im Bett auf.

Verena schnupperte die medizinisch riechende Luft ein. Sie war nie selbst als Patient in einem Krankenhaus gewesen, das war als Vampirin unmöglich.

Jemand könnte auf die Idee kommen, sie genauer zu untersuchen oder noch schlimmer: ein Röntgenbild von ihrem Kopf zu machen, auf dem dann die langen Eckzähne zu sehen wären, die sich im Kiefer verbargen. Oder ein Arzt verlangte eine Blutuntersuchung. Das wäre lustig, denn genau wie ihre Eltern hatte sie keine normale menschliche Blutgruppe. Nein, so etwas durfte niemals passieren. Alle Vampire hatten Angst vor Unfällen, fast schon Panik, dass sie das Bewusstsein verloren und irgendein Normalsterblicher so ihr Geheimnis entdeckte. Verena schob all diese Gedanken zur Seite und trat zwei Schritte auf Ludwig zu.

»Hi«, sagte sie.

»Hi«, sagte er.

»Wie geht es dir?«

»Ich habe Kopfschmerzen.«

»Glaub ich. Du siehst cool aus mit dem Verband. Solltest du öfters tragen.« Hatte sie das eben wirklich gesagt? Wie doof war das denn? Verena schlug sich innerlich die Hand vor die Stirn.

»Meinst du echt?«

»Ähm, ja, wie ein Held, der gerade einen Bösewicht besiegt hat.« Das wurde ja immer peinlicher …

»Das gefällt mir«, sagte Ludwig. »Ich dachte, der Verband sieht blöd aus.«

»Ach Quatsch, das … das …« *Sag jetzt bloß etwas Vernünftiges*, ermahnte sich Verena.

»Hm?«

»… macht dich irgendwie männlich.« Verena wünschte sich augenblicklich, sich in Luft auflösen zu können. Bestimmt würde Ludwig sie gleich rausschmeißen.

»Schön, dass du das sagst«, meinte Ludwig stattdessen.

Verena fiel ein Stein vom Herzen. Trotzdem musste sie schnellstens das Thema wechseln, damit es nicht noch unangenehmer für sie wurde.

»Was ist denn eigentlich passiert?«, fragte sie betont harmlos. »Deine Mutter hat meiner Mutter erzählt, dass du … hingefallen wärst?«

Ludwig verzog das Gesicht und wurde ernst. »Na ja«, setzte er an und schaute Verena so komisch an. Ihr Puls raste. »Ich erzähle das eigentlich ungern, aber ich schlafwandle manchmal. Letzte Nacht war es anscheinend so, und dann bin ich ausgerutscht oder gestolpert und auf den Kopf gefallen. Ich hatte einen ganz wirren Traum.«

Er lachte und fixierte sie.

»Was hast du denn geträumt?«, fragte sie vorsichtig.

»Von dir. Und von deinem Bruder.«

»Ach ja?«, ächzte Verena. Ihr Herz setzte für ein paar Sekunden aus.

»Eine Bratpfanne kam auch in dem Traum vor.«

»Ähm … echt jetzt?« Sie lächelte gequält. »Das ist ja merkwürdig …« Mist, sie und Ben steckten ganz schön in der Klemme.

Ludwig lachte noch mal. »Nur Blödsinn. Wirres Zeug.

Stell dir vor, du warst ein Vampir. Weißt du, so mit langen Zähnen.« Er machte die Zähne mit den Fingern nach. »Lustig, nicht wahr?«

Verena versuchte zu lächeln. Ja, was für ein irrer Traum … Gleichzeitig atmete sie erleichtert aus.

»Bist du schwer verletzt? Tut es arg weh?«, fragte sie schnell, um das Thema ›lange Zähne‹ abzuhaken.

Ludwig winkte ab. »Geht schon. Morgen darf ich wieder raus. Sie wollen mich nur einen Tag zur Beobachtung dabehalten. Der Arzt vermutet eine leichte Gehirnerschütterung, und da ist es anscheinend besser, es langsam angehen zu lassen. Was gibt es Neues in der Schule?«

»Och, nichts.«

»Hausaufgaben?«

»Nö.« *Keine Ahnung, ich habe mir die ganze Zeit den Kopf darüber zerbrochen, ob du mich vielleicht doch umbringen willst.*

»Dann habe ich nichts verpasst«, stellte Ludwig fest.

»Nicht wirklich.«

Eine Weile sagten beide nichts. Schließlich war es Ludwig, der sprach: »Ich finde es toll, dass du mich besuchst.«

Und ich finde es toll, dass du das toll findest.

»Ist doch klar … wir sind immerhin Klassenkameraden.«

»Und Nachbarn.«

»Ja, das auch.«

»Du?«

»Hm?«

»Ich glaube, ich kann Pferde doch ganz gut leiden.«

Oh Schreck, an die Sache auf dem Reiterhof hatte sie vor lauter Bratpfanne schon gar nicht mehr gedacht.

»Echt jetzt?«, fragte Verena zögerlich.

»Klar. Vielleicht nicht so sehr wie du, aber eigentlich sind sie ganz in Ordnung.«

Wieder Schweigen. Dann Verena: »Toll. Vielleicht gehen wir mal wieder auf den Pferdehof. Ich meine, wenn du wieder gesund bist.«

»Machen wir.«

Verena schaute zum Fenster hinaus. Sie wusste nicht, was sie sagen sollte. Ihr fiel ein ganzer Steinbruch vom Herzen. Ludwig erinnerte sich nicht an letzte Nacht. Ihre Familie und sie selbst waren in Sicherheit. Er war nicht ernsthaft verletzt und wollte sogar mit ihr zum Hof. Das Leben war schön.

»Meinst du, ich könnte mal deine Hand halten«, sagte Ludwig leise. »Nur ganz kurz.«

Verena blieb bei diesen Worten die Luft weg. Das Zimmer begann, sich um sie herum zu drehen. Vorsichtig streckte sie ihre Hand nach Ludwig aus, der nahm sie und umschloss sie mit seinen Fingern. Beide guckten in verschiedene Richtungen.

Dabei spürte Verena Ludwigs Hand so intensiv wie nichts zuvor in ihrem Leben. Es war ein wunderbares Gefühl. So wie Erdbeereis auf der Zunge, nur eben auf der Hand. Die Zeit zog sich dahin.

Apropos Zeit? Wie spät war es eigentlich?

Mit einem Blick auf die Uhr wurde Verena nervös, bald gab es Abendessen bei ihr zu Hause.

»Ich muss jetzt gehen. Meine Eltern warten schon auf mich«, sagte sie hektisch. Nicht dass ihre Mutter auf die Idee kam, bei Sarah anzurufen, um nach ihr zu fragen.

Ludwig sah sie aus großen Augen an. »Sehen wir uns auf der Halloweenparty? Ich würde mich freuen, wenn du kommst.«

»Bestimmt«, sagte Verena, wirbelte herum und floh aus dem Zimmer.

Halloween

Heute war der Tag der Tage: Halloween!

Früher hatte Ben diesen einen Tag im Jahr geliebt und auf ihn hingefiebert, aber seit die van Helsings nebenan eingezogen waren, hatte sich das mit einem Schlag geändert. Die van Helsings waren Monsterjäger, davon war Ben nach seiner Spionagemission im Haus der Nachbarn überzeugt. Er hatte die Mordwerkzeuge mit eigenen Augen gesehen, die Halloweenparty war mit Sicherheit eine hinterlistige Falle.

Umso verständlicher, dass seine Familie beschlossen hatte, unter gar keinen Umständen dort aufzukreuzen. Tagelang hatten sie nach einer Ausrede gesucht und sich letztendlich auf folgende Version geeignet: Sie hassten Halloween!

Um ihren Standpunkt zu untermauern, fuhren sie sämtliche Rollläden herunter, behielten die Halloweendeko im Keller und schlossen die Tür drei Mal ab – nur zur Sicherheit, sie sollten nicht herauskommen, genauso wenig sollte jemand hereinkommen. So wurde zwar nichts aus Bens Heldenruhm, aber wenn er genauer darüber nachdachte, war das schon in Ordnung.

»Bin ich froh, wenn dieser Abend vorbei ist«, seufzte Bens Mutter. »Halloween war ja noch nie mein Lieblingstag, die ganzen Leute, die sich als Vampire verkleiden. Schrecklich! Die haben ja gar keine Ahnung. Aber so abgeschottet fühle ich mich auch nicht wohl.«

Sein Vater wirkte ebenfalls angespannt und tippelte nervös mit seinen Fingern auf der Tischplatte in der Küche herum. »Mir geht es ähnlich, ich hoffe, die van Helsings lassen uns heute Abend einfach in Frieden.«

Ben selbst lenkte sich mit einem neuen Handyspiel ab, das ihm Patrick empfohlen hatte.

»Ben? Kannst du bitte deine Schwester holen?«, forderte ihn seine Mutter auf. »Das Essen ist gleich fertig.«

»Gleich, nur noch eine Minute«, antwortete er vertieft in sein Spiel. Zwei Gegner musste er noch erledigen, dann hatte er das nächste Level erreicht.

»Ben Amadeus Wolf! Sofort!« Oh, oh, wenn sie seinen kompletten Namen verwendete, war ihr nicht nach Scherzen zumute. Besonders da sie wusste, dass er seinen Zweitnamen hasste. Sofort legte er sein Smartphone aus der Hand und ging nach oben.

Als er vor Verenas Tür stand, drang ihm laute Popmusik entgegen – Taylor Stift oder so ähnlich.

»Und ob du ein Mädchen bist …«, flüsterte er kopfschüttelnd und drückte, ohne anzuklopfen, die Klinke nach unten. Er machte sich schon auf ein Riesentheater gefasst, denn seine Schwester hasste es, wenn er ungefragt in ihr Zimmer stürmte. Er freute sich schon regelrecht darauf …

… aber nichts geschah.

Das lag daran, dass Verena überhaupt nicht in ihrem Zimmer war. Der Rollladen war oben, und ihr Fenster stand offen.

»Die van Helsings haben sie bestimmt entführt!«, rief Bens Mutter panisch und tigerte nervös in Verenas Zimmer auf und ab. Die komplette Familie – na ja, bis auf Verena natürlich und Schrödinger – hatte sich in ihrem Zimmer versammelt, um die nächsten Schritte zu überlegen.

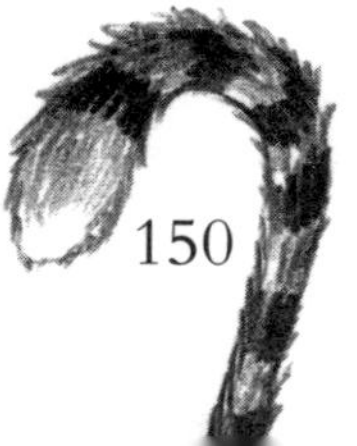

Entführt war gut, Ben ging eher davon aus, dass seine Schwester sich heimlich zu *Ludwig van Lauch* rübergeschlichen hatte. Aber er wollte sie lieber nicht verpetzen. Denn wenn sie das erfuhr – vorausgesetzt er sah sie jemals wieder – würde sie ihm höchstwahrscheinlich die Augen auskratzen.

Je mehr er darüber nachdachte, desto mulmiger wurde Ben, schließlich hatte sich seine Schwester auf gefährliches Terrain begeben. Möglicherweise hatte seine Mutter ja recht, und Verena wurde tatsächlich entführt und um Mitternacht oder so geopfert. Eine Gänsehaut überzog seinen Körper. Sie durften nicht länger hier herumsitzen und abwarten, jede Minute zählte.

Vielleicht werde ich heute doch noch zu einem Held, dachte er und verkündete stolz seinen Plan: »Wir gehen rüber und holen Verena da raus!«

»Wie stellst du dir das vor?«, fragte sein Vater und schaute ihn verzweifelt an. »Was sollen wir denn sagen? Sie werden uns sicher überwältigen, die sind garantiert in der Überzahl und auf alles vorbereitet! Die warten nur darauf, dass wir einen Fehler machen.«

»Aber Verena braucht uns«, sagte er und nahm all seinen Mut zusammen. »Sie ist ganz allein dort drüben! Wir

sind schließlich Vampire und Werwölfe, keine Angsthasen.«

»Ich habe ein ungutes Gefühl, aber irgendwas müssen wir tun«, sagte Lydia.

»Ben hat recht … Angriff ist die beste Verteidigung«, murmelte Werner vor sich hin.

Bens Mutter stieß einen tiefen Seufzer aus. »Von was redest du?«

»Lydia, hol das Kostüm deiner Großmutter«, sagte Bens Vater entschlossen. »Das schwarze mit den weißen Rüschen.«

»Was soll ich damit?«

»Anziehen natürlich! Wir verkleiden uns und gehen auf diese Halloweenparty, um Verena da rauszuholen.«

Lydia zögerte kurz. »Aber in dem Kleid sehe ich aus wie eine Vampirin.«

Ihr Mann grinste. »Gut erkannt. Und wo versteckt man am besten einen Baum?«

»Im Wald …«, sagte Lydia und fing an zu grinsen, als der Plan ihres Mannes durchsickerte.

»Genau! So auffällig sein, dass es unauffällig wirkt.«

»Ja, und du und Ben, ihr könnt euch Felle überziehen und als Steinzeitmenschen gehen.« Sie gab ein hysterisches Lachen von sich, sodass Schrödinger erschrocken vom Sessel fiel.

Ben schaute hinüber. Der Kater rührte sich nicht. Möglichweise war er tot. Eher unwahrscheinlich, denn die Katzenleiche schnarchte laut.

»Was ist nur mit diesem Tier los?«, meinte Lydia. »Das ist doch nicht normal!«

»In diesem Haus ist niemand normal, warum sollte es da ausgerechnet der Kater sein?«, sagte Werner.

»Manchmal glaube ich, er stammt von einem anderen Planeten«, meinte Bens Mutter seufzend.

Von einem Ort, an dem andere Schwerkraftverhältnisse vorherrschen, Schwerkraftverhältnisse, die ihre Bewohner magisch anziehen, seine Mutter sprach ihm aus der Seele.

»Wie oft diese Katze schon von der Couch oder dem Sessel gefallen ist! Bald müssen wir einen neuen Teppich kaufen, die Einschlaglöcher werden schon sichtbar. Und bewegen tut er sich nur in Zeitlupe, jedes Dreizehenfaultier ist dagegen eine rasende Rennmaschine, und wenn es etwas gibt, das ich noch mehr als dein Mondangeheule hasse, ist es diese Schnarcherei!« Bens Mutter war eindeutig in Kampflaune, was für die bevorstehende Rettungsaktion gar nicht so schlecht war.

Schrödinger stieß ein heiseres Quieken aus und zappelte mit den Pfoten, dabei schwabbelte sein dicker Bauch. Ben vermutete, dass er gerade träumte. Lydia verdrehte genervt die Augen.

Wovon träumen Katzen?, fragte er sich. *Mäusejagd?*

Unwahrscheinlich! Schrödinger würde nicht mal eine Maus erlegen, wenn sie vor seiner Nase ohnmächtig wurde. Also wovon träumte er dann? Käsekuchen, seiner Leibspeise? Für ein Stück Käsekuchen war sogar Schrödinger bereit, sich mehr als zwei Meter fortzubewegen.

»Nein«, sagte sein Vater. »Ben und ich machen es genau wie du. Wir gehen als das, was wir sind.«

»Ich will aber Batman sein«, sagte Ben. »Konfuzius hat gesagt, sei immer du selbst, außer du kannst Batman sein, dann sei Batman.«

»Das geht aber nicht«, beharrte sein Vater. »Heute heißt es tarnen und täuschen und deine Schwester befreien.«

»Vergiss es, ich ziehe nie im Leben ein Fell an!«

»Ja, ja«, sagte sein Vater. »Das ist auch nicht nötig. Unsere Vorfahren haben selbst als Wölfe oftmals Kleidung getragen. Lederhosen, weite Mäntel, breite Hüte. Wir werden es genauso machen. Ich habe im Keller eine ganze Kiste voll mit dem Zeug, das mir dein Urgroßvater vererbt hat.«

»Aber ich ziehe nichts an, in dem ich mich zum Affen mache.«

»Natürlich nicht, mein Junge … nicht zum Affen, sondern zum Wolf!«

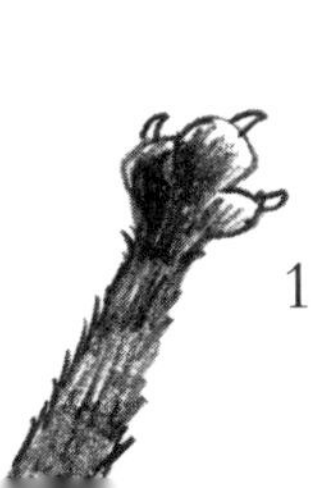

Ein undurch-dachter Plan

Es zwickte und zwackte. Verena zupfte an ihrem Kostüm herum, aber es wurde nicht besser. Ihre Mutter hatte ihr letztes Jahr ein Piratinnenkostüm genäht, aber inzwischen schien sie ein ganz schönes Stück gewachsen zu sein.

Trotzdem hoffte Verena, dass sie nicht allzu peinlich darin aussah.

Als sie in den Spiegel geschaut hatte, war da nur das Kleid zu sehen gewesen. Geisterhaft war es hin und her geschwungen, als sie sich gedreht hatte. Aber noch schwerer war das Schminken. Wie sollte man auch Lidschatten und Wimperntusche auftragen, wenn man sich selbst nicht sah?

Nun stand sie im Garten der van Helsings und wartete am Hintereingang, bis Ludwig sie hereinließ. Auch wenn

Ben und ihre Eltern fest davon überzeugt waren, dass die Nachbarn Monsterjäger waren, konnte sie sich das nicht vorstellen.

Daher war sie Ludwigs Einladung gefolgt und hatte sich heimlich aus dem Haus geschlichen. Natürlich nicht durch die Eingangstür, die hatten ihre Eltern ja hermetisch verriegelt. Sondern durch ihr Fenster, zur Tarnung hatte sie die Musik laut aufgedreht.

Ihr Plan hatte bisher prima funktioniert, er hatte nur einen klitzekleinen Haken: Sie hatte keine Ahnung, was passierte, wenn ihre Familie herausfand, dass sie sich davongeschlichen hatte.

Aber das war im Moment nicht wichtig, sie wollte einfach nur bei Ludwig sein.

Sie blickte auf die Uhr, Ludwig war bereits zwei Minuten überfällig, langsam wurde sie nervös. Hatte er sie etwa vergessen?

Da drehte sich plötzlich der Türknauf, und Verenas Herz begann, vor Freude zu hüpfen. Sie war neugierig, als was Ludwig sich verkleidet hatte.

Kurz durchfuhr sie der Gedanke, ob es auch wirklich so klug war, sich auf der Party der van Helsings blicken zu lassen. Ganz allein. Ohne Ben. Ohne ihre Eltern. Unter all diesen komischen Gästen. Mit den irren Blicken und den merkwürdigen Mitbringseln.

Doch es war zu spät.

Die Tür schwang langsam auf, und mit dem, was sie dann erwartete, hatte sie nun wirklich nicht gerechnet.

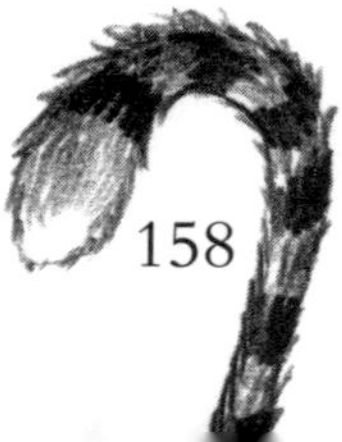

Die Party des Grauens

Ben zappelte herum. Er hatte eine lange lederne Hose an, die an den Seiten von geflochtenen Schnüren zusammengehalten wurde. Dazu eine schwarze Weste und einen coolen Mantel, auf dem Kopf trug er einen ledernen Hut. Seine Stiefel waren viel zu eng, deswegen hüpfte er ständig von einem Fuß auf den anderen. Unter seine Armbeuge hatte er einen Fußball geklemmt. Auf die Frage, was er damit auf einer Kostümparty wolle, hatte er nur gesagt: »Falls mir langweilig ist, gehe ich raus und kicke.«

Hinter ihm seufzte seine Mutter laut auf. Sie standen vor der Haustür der van Helsings, hatten aber noch nicht geklingelt.

Seine Mutter war eine Sensation, fand Ben. Das lange, glatte schwarze Haar rahmte ihr albasterfarbenes Gesicht

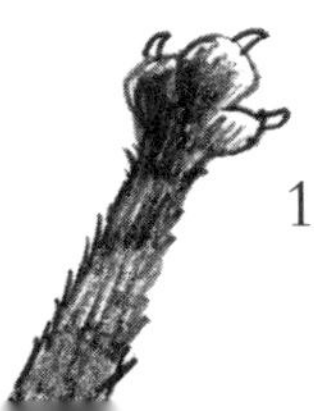

mit den blutroten Lippen ein, aus denen ihre strahlend weißen Eckzähne hervorlugten. Der anmutige Körper wurde durch das schwarze Kleid ebenso betont wie der schlanke Hals durch den hohen Rüschenkragen. Eine perfekte Vampirin. Ihre Vorfahren wären in diesem Moment bestimmt richtig stolz auf sie.

Neben ihm stand ruhig und gelassen sein Vater, der natürlich nicht als Steinzeitmensch, sondern als Edelmann in Bundhosen, weißen Strümpfen, Lackschuhen und einem großen Hut mit Feder verkleidet war. An seiner Seite baumelte ein funkelnder Degen. Sehr elegant.

»Sollen wir?«, fragte sein Vater und legte einen Finger auf den Klingelknopf.

Lydia blinzelte ihm zu.

Ding. Dong.

Dann Schritte, die sich näherten. Die Tür wurde schwungvoll geöffnet. Im Rahmen standen Otto und Renate van Helsing. Von Ludwig keine Spur. *Wahrscheinlich passt er in der Folterkammer auf Verena auf,* war der erste Gedanke, der Ben durch den Kopf schoss.

Renate war als Bardame verkleidet. Sie trug ein eng anliegendes goldenes Kleid, das ihre pummelige Figur betonte. Ihre Lippen waren ebenso rot geschminkt wie

die von Bens Mutter, aber viel zu breit. Es sah aus, als habe sie ein Clown abgeknutscht. Ihre üblichen Fusselhaare waren unter einer wasserstoffblonden Perücke verborgen, die sich fast bis zur Flurdecke auftürmte.

Otto machte einen auf Forscher. Knickerbockerhosen, braune Stiefel, Tweedjacke und Tropenhelm. Dazu eine runde Brille, die auf seiner Nasenspitze saß, und ein angeklebter, gezwirbelter Bart. *Uncool,* dachte Ben.

Renate van Helsing schien verwirrt und meinte: »Oh, Sie haben sich also doch entschlossen, unserer Einladung zu folgen?« Doch dann breitete sie übertrieben freundlich ihre fleischigen Arme aus und tönte: »Willkommen in unserem Heim! Wie wundervoll, eine Vampirin und ein Edelmann.« Sie beugte sich zu Ben herunter. »Und was bist du?«

Ben drückte die Brust raus. »Ein Werwolf.«

»Solltest du dann nicht ein Fell haben?«

»Nein.«

»Und warum hast du einen Ball dabei?«

»Einfach so. Gehört zum Kostüm.«

Renate wandte sich an seine Mutter. »Die Zähne sehen total echt aus.«

Lydia lächelte. »Sie dürfen sie berühren.«

Angriff ist die beste Verteidigung, das Motto hatte sich Bens Mutter wohl verinnerlicht. Oder warum sonst ließ sie diese Verrückte ihre Zähne anfassen?

Renate streckte den Finger aus, als Lydia den blutroten Mund öffnete, und tippte leicht gegen einen Eckzahn.

»Du meine Güte, was sind die spitz«, kreischte sie auf. Ben meinte ein seltsames Blitzen in deren Augen gesehen zu haben.

»Echtes Porzellan«, erklärte Lydia selbstsicher. »Gibt es nur beim Kostümverleiher.«

»Und der Degen«, meldete sich nun Otto van Helsing zu Wort. »Darf man den mal begutachten?«

Werner zog ihn aus der Scheide und reichte ihm dem Hausherren, der die Klinge prüfte. »Eine wundervolle Arbeit«, schwärmte dieser. »Würde sich toll in meiner Sammlung machen.« *Na klar, damit du uns später damit aus dem Weg räumen kannst …*

»Ach, genug davon«, säuselte Renate. »Wie unhöflich, wir lassen unsere Gäste vor der Tür stehen, aber jetzt herein, herein.«

Schon im Flur drängten sich die anderen Gäste. Ben erkannte die merkwürdigen Leute, die schon öfters bei den van Helsings ein und aus gegangen waren, auch wenn viele von ihnen fantasievoll kostümiert waren. Der dicke Mann zum Beispiel hatte sich als Waldschrat verkleidet und lächelte sie aus zusammengekniffenen Augen an. Der Fahrer des Motorrollers trug einen schwarzen altmodischen Anzug, was ihn noch schlaksiger erscheinen ließ. Er lächelte nicht, nickte ihm aber zu. Dann war da noch die alte Frau, die heute tatsächlich wie eine Hexe aussah, denn sie trug ein schwarzes zerrissenes Kostüm und einen spitzen Hut. Um ihre Füße strich ein schwarzer Kater. Echt gruselig.

Auch die anderen Gäste wirkten wie Gestalten aus Legenden und Märchen. Ben entdeckte einen kleinen buckligen Mann, der durchaus als Rumpelstilzchen durchgehen konnte, dann waren da noch zwei Kobolde und ein Zauberer.

Viele Gesichter wandten sich neugierig um, während Ben mit seinen Eltern durch die Reihen schritt.

Er hörte, wie die Leute leise flüsterten, wie toll die Kostüme der Neuankömmlinge wären, und besonders die Vampirin hatte es ihnen angetan. Plötzlich blieb seine Mutter wie angewurzelt stehen. Die van Helsings hatten nichts bemerkt und gingen weiter plaudernd voran, aber seine Mutter rührte sich keinen Schritt mehr.

»Was ist denn?«, brummelte Ben unter seiner Maske.

»Da vorn hängt ein großer Spiegel«, zischte seine Mutter. »Wir müssen direkt daran vorbeigehen.«

Bens Herz setzte für zwei Schläge aus. Wo kam der denn her? Bei seiner Erkundungsaktion hatte an der Stelle noch das Riesengemälde mit Schrödingers Vorfahren gehangen, da war er sich zu hundert Prozent sicher. Und jetzt befand sich dort ein wandhoher Spiegel.

Wollten die van Helsings sie vor allen Leuten entlarven?

Ben schaute sich um und entdeckte auf einmal Ludwig, der ein Stück weiter vorn mit einem älteren Mann sprach, der durchaus sein Großvater sein konnte. Er war als Indianer verkleidet, ätzend! Von Verena weit und breit keine Spur.

»Was machen wir jetzt?«, fragte Lydia leise. »Ich kann nicht daran vorbeigehen, ohne dass jemandem auffällt, dass ich kein Spiegelbild werfe.« Sie lächelte gezwungen in alle Richtungen, damit niemandem ihre Unruhe auffiel, und tat so, als plaudere sie entspannt mit ihrem Mann.

»Kein Ahnung«, meinte dieser. »Wir …«

Weiter kam er nicht, denn da hatte Ben die Megaidee. »Lasst mich mal machen.«

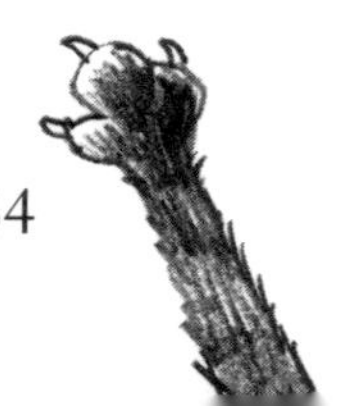

Bevor jemand etwas sagen, zustimmen oder ablehnen konnte, rief Ben laut: »Ludwig!«

Drei Meter entfernt wandte sich der *Lauch* um. Ein großes Fragezeichen stand ihm ins Gesicht geschrieben.

Ben hielt den Ball hoch. »Fang mal!«

Dann warf er ihn. Mit voller Wucht. Der Ball flog auf Ludwig zu, aber dieser hatte keine Chance, ihn zu fangen, dafür war er viel zu fest geworfen, und donnerte in den Spiegel hinein.

Klirrend zerbrach das Glas. Splitter fielen auf den Boden.

Totenstille trat ein. Niemand sprach ein Wort.

Bis auf Ben, der leise sagte: »Tor.«

»Ja, du liebe Güte«, stieß Renate van Helsing laut aus.

»Ist jemand verletzt?«, fragte Otto.

Alle schüttelten den Kopf. Alle schauten Ben an.

»'tschuldigung«, sagte dieser.

Und in diesem Moment sah er sie: Verena war am anderen Ende des Raumes an eine Art Marterpfahl gefesselt – und starrte ihre Familie mit weit aufgerissenen Augen an.

Angriff!

Als auch Bens Eltern ihre gefesselte Tochter bemerkten, gingen sie augenblicklich in Angriffsstellung über. Es war nicht zu übersehen, dass die Zähne seiner Mutter noch weiter ausfuhren.

Sämtliche Personen im Raum wandten sich zu ihnen um. Niemand lächelte mehr, ganz im Gegenteil. Die Gesichter der Anwesenden waren verzerrt, während sie Ben und seine Familie wütend anstarrten.

Die alte Hexe hatte ihren knorrigen Finger ausgestreckt und deutete anklagend auf sie, während die Katze zu ihren Füßen einen Buckel machte, fauchte und ihr schwarzes Fell sträubte.

Ben sah, wie die zwei Kobolde ihre Lippen bleckten und dabei rasiermesserscharfe Zähne entblößten, der

Zauberer hatte seinen Stab erhoben, und es sah aus, als wolle er Blitze auf sie schleudern.

Renate van Helsing und Otto waren gerade nicht in Bens Blickfeld, aber Ludwig schaute ihn erstarrt an. Angst spiegelte sich in seinem Gesicht.

Die ganze ausgelassene Stimmung hatte sich innerhalb eines Sekundenbruchteils in ein drohendes Gewitter verwandelt. Seine Mutter fauchte etwas in der alten Sprache, von der Ben kein Wort verstand.

Noch schlimmer war die Veränderung seines Vaters. Während er sich aufrichtete und die Samtjacke abstreifte, platzte das Hemd an seiner Brust auf, und er begann in die Höhe zu wachsen. Seine menschlichen Gesichtszüge verzerrten sich, als er sich vor aller Augen in einen mächtigen Werwolf verwandelte. Überall verschwand die nackte menschliche Haut, und das dunkelbraune Fell mit schwarzen Haarspitzen kam zum Vorschein.

Werner legte den Kopf in den Nacken und stieß ein schauriges Jaulen aus.

Spätestens jetzt musste jedem klar sein: Seine Eltern sahen sich und ihre Kinder bedroht und waren bereit zu kämpfen.

Ben spürte, wie das Blut in seinen Adern kochte, er

bleckte die Zähne und stieß zu seiner eigenen Überraschung sein erstes Werwolfgebrüll überhaupt aus. Ja, auch er war bereit, sich zu verteidigen. Und dann sagte jemand: »Die sind ja echt. Das ist keine Verkleidung!«

Nein, das war es nicht.

»Dem Himmel sei Dank«, sagte einer der Kobolde.

Ben setzte zum Sprung an und … Moment mal, was? *Dem Himmel sei Dank?*

Er verstand überhaupt nichts mehr, er war bereit für einen Kampf auf Leben und Tod, und nun klatschte die alte Hexe fröhlich in die Hände und verkündete: »Du meine Güte, Renate, deine Nachbarn sind echte Vampire und Werwölfe. Was hast du für ein Glück!«

»Wieso … ich verstehe nicht …«

Auf einmal stand auch Verena neben ihnen, sie musste sich irgendwie von ihren Fesseln befreit haben. Bens Mutter zog sie an sich und zeigte weiterhin ihre Zähne.

»Aufhören!«, brüllte auf einmal Renate van Helsing und trat zwischen Bens Familie und die Gäste. »Ich würde die Sache gerne erklären, aber dazu sollten wir uns alle erst einmal beruhigen«, sagte sie und wirkte irgendwie erleichtert. »Sehen Sie, wir sind auch nicht das, was wir vorgeben zu sein«, sagte Renate.

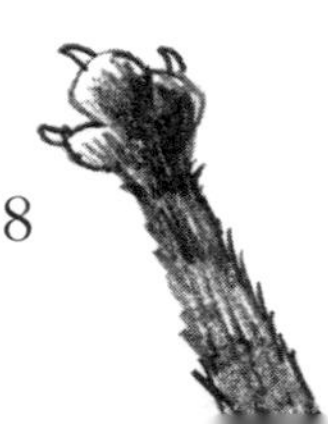

Und da geschah etwas, mit dem niemand gerechnet hatte. In dem Bruchteil einer Sekunde verwandelte sie sich ebenfalls in einen Werwolf.

Verena konnte nicht fassen, was gerade passierte. Im Grunde war der ganze Abend total verrückt. Den ersten Schock hatte sie bereits halbwegs verkraftet. Als Ludwig ihr die Tür aufgemacht hatte, steckte er in einem megapeinlichen Indianerkostüm. So was trug man doch mit acht, aber doch nicht mit zwölf?! Und jetzt war auch noch ihre Familie aufgetaucht – blöderweise genau in dem Moment, als Ludwig sie an den Marterpfahl gefesselt hatte. Wahrscheinlich, um sie zu retten. Oje, das würde mächtig Ärger geben! Woher sollten sie auch wissen, dass Ludwig, der Indianer, sie nur spaßeshalber an den Pfahl gebunden hatte und etwas zu trinken holen wollte?

Aber das Unglaublichste überhaupt war, dass sich Ludwigs Mutter eben vor allen Gästen in einen Werwolf verwandelt hatte! *Einen waschechten Werwolf!*

Als ihr Vater das sah,

stieß er ein lautes Jaulen aus, aber diesmal klang es wie ein Ruf zur Zusammenkunft des Rudels. Seine Stimme war etwas verzerrt durch die Wolfsschnauze, als er sagte: »Diese Fellfärbung kenne ich. Du stammst aus der Linie von Großonkel Rudolf.«

Renate gab ein freudiges Knurren von sich, dann warf sie sich in die Arme ihres Vaters. »Endlich lerne ich jemanden aus meiner entfernten Verwandtschaft kennen. Es gibt ja nur noch so wenige von uns, und man kann nicht vorsichtig genug sein.«

»Wie recht du hast«, sagte ihr Vater und hechelte erfreut. Ein Anblick, an den sich Verena ebenso wenig gewöhnen konnte, wie den, den die beiden boten, während sie sich umarmten.

Otto van Helsing schaute inzwischen ihre Mutter an, die völlig reglos dastand und offenbar nicht kapierte, was gerade vor sich ging. »Aus welcher Blutlinie stammst du?«, fragte er.

»Ähm … Sargnagels …«, war alles, was sie hervorbrachte.

»Ein edles Geschlecht. Ich bin ein Mitglied der Familie Hufnasen.« Dabei fuhr auch er lange Vampirzähne aus.

»Was …?«, entfuhr es Lydia. »Aber ich dachte … van Helsing … Monsterjäger …«

Otto grinste, seine Eckzähne blitzten vergnügt im Licht des Kronleuchters. »Alles Tarnung, meine Liebe.«

»Ja«, sagte Renate. »Denn wer vermutet schon Monster hinter dem Namen des berühmtesten Monsterjägers aller Zeiten?«

»Das heißt …« Lydia drehte sich um ihre eigene Achse. »Alle …«

»Richtig«, gab Otto zu. »Alle hier drin sind nicht menschlich, zumindest nicht im üblichen Sinn.«

Die Kobolde hüpften vergnügt von einem Bein auf das andere. Der Waldschrat hielt sich lachend den Bauch.

»Das ist übrigens unsere Monopolygruppe«, erklärte Otto. »Wir treffen uns regelmäßig zum Spieleabend. Jeder bringt etwas zum Essen mit. Wenn ihr auch mal Lust habt …«

»Gern«, sagte Lydia, und Verena sah ihr die Erleichterung an. Plötzlich durchzuckte sie ein Gedanke. Ludwig! Der Einzige, der aussah wie immer, war … Ludwig.

Renate bemerkte ihren Blick, löste sich von Werner und legte den Arm um die Schultern ihres Sohnes. »Ludwig ist ein Findelkind. Er wurde als Baby vor unsere Tür gelegt, und wir haben nie herausgefunden, wer seine richtigen Eltern sind.«

Der Arme, dachte Verena und hatte Ludwig gleich noch viel lieber.

Sie schaute zu ihm hinüber, und ihre Blicke trafen sich. Otto van Helsing löste die angespannte Stimmung, indem er in die Hände klatschte und rief: »Na, dann kann die Party ja beginnen.«

Tanz um Mitternacht

Viele Stunden später, kurz nach Mitternacht, war die Party noch immer in vollem Gange. Ben schwitzte wie verrückt unter seinem großen Hut, aber keinesfalls würde er das Ding ablegen – Helden hatten immer ein Erkennungszeichen. Er stand neben seinem Vater in einer Ecke des Raumes, während die anderen Gäste ebenso wie seine Mutter und Verena wild das Tanzbein schwangen.

Ben schaute zu seinem Papa auf, der einen gequälten Gesichtsausdruck hatte.

»Was ist los?«, fragte er.

»Der Mond«, antwortete dieser. »Draußen ist Vollmond.«

»Oh.«

»Ich habe das überaus starke Bedürfnis, ihn anzuheulen. Ich halte das nicht aus.«

»Papa, das wäre jetzt echt peinlich.«

»Die wissen doch alle, dass ich ein Werwolf bin.«

»Trotzdem!«

»Ich muss! Ich. Kann. Nicht. Anders.« Dicke Schweißtropfen rannen über seine Stirn.

Die Musik wechselte. *Thriller* von Michael Jackson erklang. Das brachte Ben auf eine Idee.

»Hörst du die Musik? Das ist ein echter Monstersong. In dem Musikvideo kommen tanzende Werwölfe vor, da passt das Gejaule total gut dazu. Du musst dich dabei aber bewegen, sonst sieht es schräg aus. Jeder wird denken, du gehst voll ab.«

Sein Vater ließ sich das nicht zweimal sagen und legte den Kopf in den Nacken. Dann erklang sein lautes Jaulen. Köpfe wandten sich ihnen zu. Ben sah seinen Vater die Arme hochwerfen und die Tanzfläche stürmen. Es war nicht gerade perfekt, was sein Vater da zeigte, aber das abgehackte Gezucke konnte sich sehen lassen. Die Gäste lachten ihn begeistert an und machten leidenschaftlich mit. Als Werner das nächste lang gezogene Heulen ausstieß, stimmten alle mit ein.

»Er macht das gut«, sagte Verena, die die Tanzfläche verlassen und sich neben Ben an den Rand gestellt hatte. »Klingt wie ein echter Wolf.«

Ben nickte. »Ja, Papa hat echt was drauf. Wo ist Ludwig?«

Verena deutete ans andere Ende des Zimmers. »Holt sich was zu trinken, sein Kopf tut immer noch weh von der Bratpfanne.«

Ben zuckte entschuldigend mit den Schultern. »Tut mir leid.«

»Und mir tut's leid, dass ich mich heimlich hierher geschlichen habe. Mama und Papa haben sich bestimmt schreckliche Sorgen gemacht.«

»Zu Recht, wenn du mich fragst … Irgendwie finde ich die van Helsings immer noch unheimlich. Vor allem Lulu in seinem Indianerkostüm.«

Verena boxte ihn in die Seite. Ben grinste.

»Dein Rumgezicke würde ich wohl am meisten vermissen, wenn sie dich tatsächlich gepfählt hätten.«

Verena schaute ihn empört an, dann brach sie in schallendes Gelächter aus – genau wie er.

Wekwerth, Rainer:
Familie Sargnagel
ISBN 978 3 522 50617 5

Umschlaggestaltung und Innenillustrationen: Fréderic Bertrand
Satz und Innentypografie: Arnold & Domnick, Leipzig
Druck und Bindung: GGP Media GmbH, Pößneck
Reproduktion: Medienfabrik GmbH, Korntal-Münchingen

FSC
www.fsc.org
MIX
Papier aus verantwortungsvollen Quellen
FSC® C014496